U0886769

文治
© wénzhì books

〔日〕伊坂幸太郎〇著
吕灵芝
林娟芳〇译

没关系，是伊坂啊！

伊坂幸太郎3652日随笔集

北京联合出版公司
Beijing United Publishing Co.,Ltd

图书在版编目（CIP）数据

没关系，是伊坂啊！：伊坂幸太郎3652日随笔集 /（日）伊坂幸太郎著；吕灵芝，林娟芳译．—北京：北京联合出版公司，2021.1

ISBN 978-7-5596-4730-6

Ⅰ．①没… Ⅱ．①伊… ②吕… ③林… Ⅲ．①随笔—作品集—日本—现代 Ⅳ．① I313.65

中国版本图书馆CIP数据核字（2020）第227672号

北京市版权局著作权合同登记　图字：01-2020-7158

没关系，是伊坂啊！：伊坂幸太郎3652日随笔集

作　　者：（日）伊坂幸太郎
译　　者：吕灵芝　林娟芳
出 品 人：赵红仕
责任编辑：李　伟

北京联合出版公司出版
（北京市西城区德外大街83号楼9层　100088）
三河市冀华印务有限公司印刷　新华书店经销
字数210千字　880毫米×1230毫米　1/32　印张10.25
2021年1月第1版　2021年1月第1次印刷
ISBN 978-7-5596-4730-6
定价：49.80元

目录

2000 年 受到一些影片和文章的影响，才有了现在的我 — 1

2001 年 焦糖粟米条 — 3
硬汉派作家救人的故事 — 6

2002 年 健康疗法狂人 — 8
美式咖啡游戏 — 11

2003 年 B 型血与西格尔与酸奶 — 14
电影院真安逸 — 19
语言的壁垒 — 21
自由的座位 — 24
约个时间 — 26
墙壁 — 28
等候联系 — 30
见个面吧 — 32
我心宽广 — 34
从街上回来读书吧 — 36
疯了吗？ — 38
看看文字就有幸福的感觉 — 40
CD 特等座 — 42
采访一百零六位作家 — 45
呼喊时呼喊，大叫时大叫 — 46
我的“杀手锏” — 51

2004 年 因“猴子”脸红 — 52
读书亡羊 — 55
下次是什么时候 — 56
遵照说明 — 60
我心中的恋爱电影——《渔王》— 62
请多关照 — 64
我反复倾听的三张 CD — 68
在化作热带的东京上演的灼热幻想剧 — 69
我们是麦格克侦探团 — 72
“已经逝去却依旧在长椅上”的人
为你喝彩的短篇集 — 74
我爱这片大地，仙台 01：两个政宗 — 76
我爱这片大地，仙台 02：自吹自擂 — 77
我爱这片大地，仙台 03：松岛 — 78
我的“杀手锏”— 79

2005 年 在下是“干支” — 80
六十三位人气作家大调查！ — 85
《冰峰 168 小时》— 87
记忆犹新的短篇小说 — 90
何谓青春文学？ — 94
这是我的电影！
除此之外无可描述的光明的未来 — 96
旅鸽种种 — 98
系列作的规矩 — 102
在魔王呼吸之前 — 104
我喜欢的书——《足球小将》— 110
调查官与孩子们 — 113

我的“杀手锏” — 118

2006 年 父亲对狗的爱 — 119
活用经验 — 122
近况 — 123
挺好的呀 — 125
最适合“有强度的小说”这句话的作品 — 127
无论打海文三说得对不对，
我都忍不住致敬 — 129
看似天真却充满想象力和
邪恶的可怕故事 — 131
要对警察和国家信任到什么程度？
这起事件的经过让我毛骨悚然 — 133
读完这部漫画，我有种无法分类到喜怒哀乐中的奇怪感觉 — 135
我想给那部作品加一套“架空音轨” — 137
《镰仓物语》里的异界日常 — 141
这就是我的青春文学：
大江健三郎《喊声》— 144
特别料理 — 145
我的“杀手锏” — 148

2007 年 猪作家 — 149
过年看电影吧 — 152
同时歌唱身边事与广阔世界的稀有乐队 — 154
六十三位人气作家大调查！ — 157
佐藤哲也《从泥泞中来》解说 — 159
该选哪本呢？兴奋地准备书本 — 165
酷小说 — 168

我的“杀手锏” — 172
青春的居处 — 173

2008 年 想逃走的老鼠 — 177
六十三位人气作家大调查！ — 180
造就我的五位作家和十本书 — 182
与齐藤和义先生共事 — 189
打海文三《我爱过的幽灵》解说 — 193
我的“杀手锏” & 痴迷的○○ — 201

2009 年 牛的心情 — 203
五十五位人气作家大调查！ — 205
被书吸引，宛如在精神宇宙旅行 — 206
我的“杀手锏” & 我出道之前 / 之后 — 209

2010 年 玩具公约 — 211
五十六位人气作家大调查！ — 214
武田幸三这位格斗家 — 215
三谷龙二的另一个世界 — 227
《余生皆假期》假期与自动挡 — 232
第十年的思考 — 234
我的“杀手锏” — 239

2011 年 兔 · 骗子的故事 — 241
五十四位人气作家大调查！ — 244
劳伦斯 · 布洛克《杀手亡命》解说 — 246
我的“杀手锏” — 256

2012 年 海马的记忆 — 257
我的“杀手锏”&2012 年的 No.1 — 261

2013 年 偶尔驻足细思 — 263
五十四位人气作家大调查！ — 267
广阔雄伟的“岛田山脉”入口 — 268
英雄的必备条件 — 277
我不想演讲 — 280
我的“杀手锏” — 285

2014 年 害怕木马 — 287
“无国界文学团”调查 — 291
五十七位人气作家大调查！ — 293
“！”和“？” — 295
我的“杀手锏” — 298

2015 年 以咩还咩 — 300
五十八位人气作家大调查！ — 304

Bonus track 直尺 — 306
灵魂车站 — 312

后记（本书完成时）— 314
文库版后记 — 318

凡　例

1.

本书正文“2000年”至“2010年”章节的内容及《后记（本书完成时）》，

为本书日文版首版发行时所收录的内容。

2.

本书正文“2011年”至“Bonus track”章节的内容、《文库版后记》，

以及所有的脚注，均为作者伊坂幸太郎在本书出版日文文库版时所增补的内容。

其中，脚注以带圈的数字标出。（如：①，②，③……）

3.

本书所有的尾注，均为简体中文版制作团队添加，以阿拉伯数字标出。

（如：1，2，3……）

受到一些影片和文章的影响，才有了现在的我①

影响我的话语和文字不计其数，这里介绍一些。

比如有一本名为《绘画是什么》的书。

那是我十几岁时父亲买给我的书。腰封上写着：

“人的生命只有一次，而且非常短暂。如果能将这一生沉浸到‘想象力’中的话，就再也没有比这更幸福的生活了。”

我被这句非常有吸引力又极其不负责任的话给打动了。

比如电影导演迈克·李的访谈录。

记者提问：您的作品为什么总是以一种非常粗暴的方式结尾呢？他的回答是，观众看电影的行为就像一场旅行。来到某个时间点后，电影就会对观众说：“好了，你已经踏上了旅途。虽然我们还要留在这里，不过你尽管往前走吧。”我当时就想，没错，我就是想要写这样的

---

① 这是在《奥杜邦的祈祷》出版之前，我刚刚获得新潮推理俱乐部奖不久后写的随笔。因为这是我接到的第一份约稿，记得当时我还专门给公募指南的工作人员打电话问“上版稿”是什么。对方解释得十分细心详尽。那次我总觉得如果这篇随笔写不好，恐怕就得不到下一份工作了。于是想着必须写出点发人深省的东西来，还搞了许多“引用”。从那以后，每次写随笔，我都有种需要写得既有趣又有深度的强烈意识。

小说。

比如奖项的征稿要求。

我当时随心所欲地写了自己想写的小说，后来却烦恼该参与哪个奖项的竞选。此时我看到了评选委员奥泉光先生的一句话：“要看能否在阅读那些文字的过程里感受到愉悦。”[②]对啊，就是啊，小说本来就该这样啊。我就这样把自己的写作技巧抛到了脑后，感到了一丝欣喜。

我想创作属于自己的故事。即使心里这样想着，我还是受到了许多影片和文字的影响。今后一定还会这样。如果可以，我希望能写出将那些影响完全覆盖掉的小说。

只是希望一下还是没问题的吧。

《奖与脸》《公募指南》二〇〇〇年十二月号

② 这是新潮推理俱乐部奖征稿要求中的文字。

焦糖粟米条[1]

我与父亲年龄相差不大，所以他更像是一位比我年长一些的朋友。[2]写信给父亲会让我感到害羞，但只是在信中写下有关父亲的事情的话，我或许还能做到。这就像介绍朋友一样。

父亲是个充满行动力的人。

他经常说："现在能做的事情应该马上做。"有一次，他拿起一块湿抹布飞快地擦掉了洒在衣服上的汤汁，然后说："凡事只要马上做，基本都能解决掉。"

他拥有优秀的执行力和判断力，正义感比谁都强。相比在毫无变化、安稳悠然的日常生活中，他在遇到一些骚动或意外事件的时候，会显得更加生气蓬勃。

比如自家店里突然有人发生矛盾了，或是周围出现了来者不善的

---

① 我出道前，一度在三得利推理大奖评选中走到了最后。当时，读了我的作品的编辑找到我，邀我写了这篇稿。记得在那之前我一直很害怕，心想如果接不到约稿，我可能就要完蛋了。这篇文章，我可能是想要像写歌词那样来写。"我小时候他就是这样，现在一定也还这样"就是副歌部分。

（脚注续下页）

人，原本面对着摊开的赛马报纸，专心致志地给赛马画红线，妄图找到一匹黑马的父亲就会猛地挺起腰杆，收起表情，像个从天而降的领导者一样展开行动。

在我小时候他就是这样，现在一定也还这样。

父亲是个充满善意的人。

他经常说："如果只想着自己，与其他人的关系就会疏离。"小时候，我跟他一起泡澡，他用手划了两下水，对我说："你瞧，光顾着把水拢到自己身边来，水反而会向相反的方向跑去。"

回想起来，父亲似乎从来没有为了自己的利益而东奔西走过。他好像在让别人高兴的时候，才显得最幸福。

为了别人，他可以尽其所能，有时还会花一点小钱。如果最后遭到了对方的背叛，他就会像得了从天而降的抑郁症，变得垂头丧气的。

在我小时候他就是这样，现在一定也还这样。

父亲是个充满正义感的人。

他经常说："如果事情错了，就必须有人站出来说这是错的。"

---

② 这篇文章有个失败之处，就是会让读到它的人觉得我的父亲是个优秀的人（笑）。我父母家里挂着父亲写的《十训》。其中间更新过一次，成了《新十训》，内容都是些人生箴言。比如"做人要有兴趣爱好，否则老了就很痛苦"。父亲现在还是没什么兴趣爱好，看起来确实有点痛苦（笑）。

比如见到有人利用他人的无知为自己牟利，或是拥有某些权力的组织欺凌弱者，他就会脸色骤变，勃然大怒。

虽然他没什么影响力，但他可能无法忍受什么都不做，最后含恨入睡的感觉。

不过父亲很少遇到能让自己发挥力量的情况。无非就是在看到焦糖粟米条里花生[③]的数量跟包装上不一样时，会愤慨地站起来打抗议电话罢了，一副“我要为大家而战”的模样。

我小时候他就是这样，现在一定也还这样。

《写给父亲的信》《全民读物》二〇〇一年三月号

③ 肯定有人会说焦糖粟米条里面只需要粟米条。我很好奇到底持哪种口味的人是多数派。

硬汉派作家救人的故事

五年前的一月，我呆站在一个派对会场上。与其说是在悲伤，不如说是在发愣。

那是推理新人奖公开评选结束后的事情。① 评选委员对我的小说进行了各种批判和严厉的提点，因此，我自然没有获奖，也没有资格参加新闻发布会和采访，所以就跟那天领着我的广告代理公司负责人一起早早去了派对会场。空无一人的派对会场特别宽敞，又特别安静。我不太会喝酒，一时不知该待在哪儿，于是便站在了入口附近。

我回想起评选委员的话，心情特别低落，因为他们认为“不好”的地方全是我喜欢的部分。这让我不由得想，自己写小说根本没有意义。

就在那时，会场突然涌进来一群人。我至今还记得当时汹涌而来

① 那是十九年前，《碍眼的坏蛋们》进入第13届三得利推理大奖的最终候选评选会。那场评选会开到一半，我就开始想干脆放弃写作得了。不过，那天领着我的广告代理公司负责人在看到评选结果后对我说：“我觉得您的作品最有意思，请您继续写下去。”这让我受到了很大的鼓舞。

的人声和脚步声转眼就把我抛在了后面的感觉。

然后，突然有人拍了拍我的肩膀。

那是评选委员之一的北方谦三先生。他跟几个编辑匆匆走进会场，见到我站在门口就拍了拍我，说："等会儿你过来，我有话要说。"

后来他真的跟我说了一些话。"总之继续写，写他个几千张。""就算被人践踏，被人批判，也要继续写。""更简单的故事一定更好。"②

北方先生可能看到年轻的写手都会这样说吧。他可能明天就会把我忘掉吧。我尽管心里这样想着，还是感到了救赎。

不，我在会场还得到了各位编辑和陪同人员的温暖鼓励。只不过，如果当时没有北方先生那句"等会儿你过来"，我可能就不会再写小说了。

最后，我坚持了写小说这条路，最近还有一本书有幸出版了。不过就算没有书出版，我也不会失去写小说的乐趣，目前也正在写下一部小说。

《聚光灯》《周刊小说》二〇〇一年五月十一日号

② 那次，北方先生的话给了我许多勇气。多亏了广告代理公司负责人和北方先生，我才真正下定了决心："好，明天继续写吧。"我至今仍把那两位当成自己的恩人。后来我再见到北方先生，他果然说："记不太清楚了，因为我总说那种话。"（笑）他这个样子也很棒啊。只不过，他当时明明叫我"写简单的故事"，我的出道作《奥杜邦的祈祷》讲的却是"稻草人会说话"的故事，好像并没有遵从教导啊（笑）。

健康疗法狂人[1]

父亲[2]是个健康疗法狂人。如果当着父亲的面这样说，他可能会生气：“就是因为你把我看成笨蛋，我才会身体不好。”

不过，“狂人”这个词应该带有“病态”的含义，所以我并不觉得将“健康疗法”和“狂人”放在一起有什么不妥。

父亲说：“可能有八十几种吧。”这是他尝试过的民间疗法的数量。

父亲长年苦恼于原因不明的身体问题，应该有十多年了。为了治愈这个情况，他开始了健康疗法。

我问他都试过什么，他举出了许多例子。[3]

首先是服用号称对身体好的食物和果汁，然后还通过电话销售购买过各种健康产品。

父亲还说，练气功和坐禅都是非常棒的体验。

---

① 这篇随笔创作于我刚从公司辞职的时候。辞职这个事情我还对当时负责我作品的编辑隐瞒了好几年，因为我不想让他们担心。

② 虽然我没有特别意识到这点，但我经常会写到父亲。这其实是因为他有许多逸事可以作为文章话题。我母亲似乎对此很不甘心（笑）。

③ 当时我让父亲把他尝试过的健康疗法列成表格用电邮发给我。

他对我说起了在上海碰到的气功大师。那位和尚一见到父亲，就直接说出了他身体不好的地方及症状。

父亲特别激动，立马就跟了上去。

他问："怎样才能治好？"

结果气功大师只对他说："你去读《西游记》吧。"④

这又不是在问禅——父亲心里虽然这样想，但还是老老实实地跑去读了《西游记》。我觉得他这点很棒。

后来他又去找那个气功大师说："我读了《西游记》，一点儿都没好转呀。"这回人家对他说："去坐禅。"

他还尝试过很多健康疗法。

断食道场、抄经、买佛龛、买墓地、旅行、按摩、波动疗法、氮素疗法、放松疗法、自律训练法、灵视训练、吹箭健康法、巡礼（"秩父三十四所巡礼""四国八十八所巡礼"）、盖负离子棉被、全身裹管子的健康疗法、供养祖先、散步、提升免疫力整脊法、不穿内裤健康法、心理咨询、腹式呼吸健康疗法、落语健康疗法、锗疗法、听般若心经、

④ 万万没想到，我几年后竟写起了《SOS 之猿》。

音乐疗法、喝温泉水疗法等。

光是随便列举就有这么多种，其中好几种我问了也不明白。“吹箭健康法”很出名吗？

父亲的身体到现在也没好起来。应该说，要是他真的健康了，就无法继续探求健康疗法了，所以搞不好他潜意识里很害怕自己变得健康。[5]

最近，父亲经常为难地笑着说：“活在世上最损害健康。”原来如此，的确有点道理。我忍不住感慨道。

《狂人！》《小说现代》二〇〇二年五月号

---

⑤ 以前父亲进行了一趟类似气功之旅的旅行，回来后说要教我呼吸法，就一边念他的手写笔记一边给我讲解，结果念到一半，他说：“啊不对，这是灵魂出窍的方法。”然后翻了一页重新开始，害我险要浮在半空中了（笑）。

美式咖啡游戏

我站在咖啡店入口，突然想起了篮球。[①]我十几岁时参加过社团活动，当时经常有轮流罚球的训练。[②]每人投一球，如果有人没投中就停下来，然后比赛连续投中的次数，次数越多越好。只不过，投中的次数越多，“万一打断了记录怎么办”的压力也越大，让人很头痛。意外的是，我找到了将那种紧张转化为专注力的窍门，所以很少失败，尽管我并没有厉害到能够上场打比赛。

现在，我站在咖啡店的收银台前，产生了同样的心情。

十几位客人已经排了很久，而且他们都点了同一样东西。

“下一位客人要点什么？”

“美式。”

“下一位客人要点什么？”

---

① 我初中加入了篮球部。当时如果有《灌篮高手》，我对训练肯定会更有热情吧（笑）。那个时候的运动漫画有《足球小将》，提及了篮球的只有《短跑胜平》。

② 我属于那种特别容易紧张的性格。不过，后来我学会了“自己很擅长罚球”的自我暗示，之后就特别顺利。

“美式。”

这段富有节奏感的对话重复了五次左右，真是让人心情舒畅。

我很快意识到：啊，这不就跟那时的罚球练习一样吗？每个人都保持着成功，遵守着规则，将行为传递下去。从这些方面来看，这真的跟那时的罚球练习一模一样。在这个世界上，总会毫无征兆地碰到这种游戏。

此时的正确行为应该是保持“美式”的队形。我自以为完美地掌握了情况。于是，我毫不犹豫地点了“美式”，沉浸在完成任务的充实感中，走到旁边去拿白砂糖。

此时，排在我后面的女性上前一步。

“下一位客人要点什么？”

“热可可。”

不要目不转睛地盯着“失败”了的选手的脸，这点礼节我还是懂的。我只是一边接过自己的咖啡，一边小声地咂了咂嘴。随后，我走向店里的座位，脸上毫无表情，内心却咕哝着“竟然失误了”。当然，我的心情不会因此变得那么糟，我在心里无声地鼓励道："别在意，下次加油就好。"③

《在舞台上》《月刊 J-novel》二〇〇二年十二月号

③ 这是我一大早去咖啡店工作时发生的事情，我当时应该在给《阳光劫匪倒转地球》和《重力小丑》收尾。我已经辞掉了工作，又没别的地方可去，如果要找随笔的话题，最好找的还是在咖啡店里发生的事情。那段时间我刚刚成为职业作家，其实每天都非常不安。我很喜欢这篇随笔。不过我应该没有真的咂嘴吧（笑）。

B型血与西格尔与酸奶

某月某日

我在咖啡店休息，旁边有几个女人围着一个中年男人。男人好像是新来的社招营业员，而她们则是前辈。男人说："我能干好吗？"周围的女人纷纷用奇怪的方式鼓励道："你是B型血①，肯定没问题。B型血的人啊，天生就很积极，所以很多都擅长营业工作。"我暗自疑问，用那种东西擅自下定论真的好吗？此时，那个男人回答道："啊哈哈哈，真的吗？"看他那轻松的态度，可能他真的没问题。

我在那些人旁边阅读《白昼堂堂》（结城昌治·角川文库）②。书里讲了一个中年男人是惯偷，纠集村里的人搞了个盗窃团伙。他们有一笔用于应付同伙被抓的情况的专项存款，还有专门为他们服务的律师，还跟相熟的老刑警有交易，特别好玩儿。世界上到处都有重大而急迫的问题，

---

① 我也是B型血，只不过小时候不知为何很抵触B型血（笑），可能是为了拼命让自己远离B型血的性格。所以，在长大之前，我一直很不喜欢谈论血型的话题。顺带一提，由于我是B型血，觉得可以调皮一下，就把《瓢虫》[1]里的柠檬也设定成了B型血（笑）。

② 池上冬树先生在书评中提到过，他在读《华丽人生》的时候，想起了结城先生的小说。

可是就算不涉及那些，小说依旧可以拥有存在价值，这让我有些高兴。

而且后记末尾还有一句让我感动的话。我想，结城昌治一定很喜欢这本书吧。

——永别了，各位小偷。

我与他们的离别是如此让人心碎。

某月某日

一早就开始读《青梅雨》(永井龙男·新潮文库)。说来惭愧，我以前从未读过这本书。平淡的对话中突然出现一抹幽默，让人格外舒心。看了《电报》这个短篇的结尾，我哈哈大笑了一阵。接着，我擅自设定了“结尾让人舒心”[③]的类型，并将它归入其中。井伏鳟二的《约瑟夫与女大学生》、岩馆真理子的漫画《尚在八月的美术馆》也要归入同一个类型里。如果有人读了这样的故事，对我说：“这有什么？”我可能不太愿意跟他交朋友。我会分析作品的完成度，或是做

---

③ 虽然很无聊，但是很舒心。我就喜欢结局是这种类型的故事，而且我自己的小说里也有毫无意义的无聊结尾（笑）。如果有人没有读过《约瑟夫与女大学生》，请一定要读读看。

出评论，但这些作品让我觉得自己找到了拥有同种幽默感的伙伴，心里很高兴。创作这些故事的时候，作者一定也非常快乐吧。

接着，我又翻开了拖延已久还未读完的*THE END*（真锅昌平·讲谈社）的第四卷。我此前以为这将是个恢宏的故事，但不知出了什么状况，这竟然就是最终卷了，让我大吃一惊。此书中掺杂了惊悚与帅气的独特插画和奇特的故事，这些都很吸引人，所以我也十分遗憾。不过这种结束方式说不定也很厉害。要是我在十几岁时读了这套书，肯定会心潮澎湃，连续好几天不想上学。书里传达的东西明明很令人绝望，我心里却有种不可思议的爽快。

小说和电影至今仍处在“催泪才是好东西”的风潮中，“不催泪但是很感动”却已经在漫画界普及了。我顶着一副专家面孔如此想着，又很快意识到装模作样不好，于是开始反省。

某月某日

我在车上听广播④，听到一句，“接下来是史蒂文·西格尔先生点

---

④ 我基本没怎么听过广播，与广播文化没什么缘分。这可能是因为我平时早睡早起吧(笑)。

播的歌曲”，实实在在地被吓了一跳。过了一会儿我才发现，哦，原来给广播投稿不需要用真名啊。搞什么搞，竟然不是真人。[⑤]

我读完了*A2*（森达也、安冈卓治·现代书馆）。*A2* 是讲述奥姆真理教信徒的纪录片 *A* 的续篇，书上记载了拍摄细节和各种小故事，很有意思。影片视角聚焦在奥姆真理教信徒和居民之间的对立上，这自然非常吸引人，但我感觉自己学到了一个适用性更广的道理：正义感与咄咄逼人的质问毫无关系。仿佛有人对我说：“判断一个东西需要觉悟，但往往有很多人没有足够的觉悟就轻易对一些事物做出了判断。”

这位作者的书涉及超能力、奥姆真理教、禁歌等题材，全都很有意思。我一直都认为这可能是因为作者始终保持了一个特殊的视角，这次的感觉则更强烈了。后记末尾有句话，我读完产生了幸福的感觉：

> 世界其实很多彩，人们也很善良。

---

⑤ 西格尔和下面的森先生的故事完全没有关系（笑）。这篇随笔完成后，我在山形国际纪录片电影节头一次见到了森先生。当时，森先生在会场上用非常吓人的表情看完了《少林足球》。我还以为他肯定很不喜欢这部电影，说不定生气了。后来又在一家店里碰到了他，一问之下，他说：“那部电影太好了，我都感动哭了。”（笑）于是我又想，他真是个好人啊。

某月某日

打开电视就是某个国家撕掉了核设施上的封条，或是明年的国民生活将会更加困难之类的让人心情黯淡的消息。于是我决定这样想：这是为了让我们居安思危，故意只播放出来那些令人忧郁的消息。

妻子带回了别人送的里海酸奶[6]。这个好像已经非常流行了，但还是第一次在我家出现。有件事让我感到很不可思议，就是如果放着不管，酸奶就会越来越多。这甚至让我产生了可以无中生有，搞到了一棵“摇酸奶树”的错觉。

新闻节目在警告我最近可能发生战争，而我并不理睬，决定先跟妻子一块儿思考思考酸奶的问题。

bookmark《小说现代》二〇〇三年二月号

1.《瓢虫》：简体中文版书名为《疾风号》。

---

⑥ 我们带着不能让酸奶“生命”中断的使命感，挺长一段时间都在不停地自制酸奶。

电影院真安逸

唉，又来了。看着在电影播放中途进场的观众，我叹了口气。

那好像是一对年轻男女，莫非是在约会吗？明明迟到了，还这么大摇大摆地走进来，这好像不合规定吧？真的没问题吗？

而且他们还偏偏走到了我前面的座位，哎呀，特别感动，毕竟一期一会嘛。总之，你们俩赶紧坐下吧。

啊，麻烦你把帽子摘掉好吗？顶上的装饰挡到字幕了。[①]没错没错，摘下来就好了。喂，你那撮毛是怎么回事？头发朝天竖起来了呀。现在怒发冲冠的应当是我啊。要不你还是把帽子戴回去吧。

刚想到这里，后面的座位又传来了窸窸窣窣的声音。难道是塑料袋吗？啊，你瞧，大屏幕上出现了很漂亮的景色，那真是个美丽而幽静的场景啊。哗哗哗，沙沙沙。哎呀，你吃零食的声音好有临场感啊，

---

① 还有一天我去看《黑客帝国》，发现最前排有位女士一头卷毛高高堆起，让人看一眼就不得不感慨："坐她后面的人好可怜啊。"我当时坐在后方，心里盼着电影快点开始，顺便俯下身去拨了拨歪掉的鞋舌，然后抬头一看，那位女士竟然转移到我前排来了。我顿时无语。好在那天我旁边的座位空着，我才没受影响，但心里还是发出了呐喊："你刚才不是在前面吗！"另外，帽子也很糟心啊，还有爆炸头。在电影院碰到出于各种原因坐得很高的

（脚注续下页）

电影的声音几乎听不见了。碰到你，我真是太高兴了。

接着，斜前方的女人突然对旁边的男人说起话来了：“他为什么不用对讲机？为什么啊？”那个声音连坐在远处的我都能听见，真是大声啊。

再看电影里，主人公正在躲避敌人的追杀，并且拼命尝试联系同伴。

“用对讲机不就好了。”女人又说。

看来她对主人公不用对讲机这件事非常想不通啊，毕竟对讲机刚才还被他拿在手上嘛。

可是，那也没必要现在问吧，对不对？你们可以回到家后慢慢讨论啊。

还是说，这就是你家？

再说了，别怪我不客气，刚才不是有个对讲机坏掉的画面吗？清楚得很。莫非你没看见？人家都告诉你了对讲机不能用啊。

因为那部电影[2]很感人，观众渐渐发出了啜泣声。唉，我也想哭，虽然是因为别的事情。

《气死人日记》《小说新潮》二〇〇三年五月号

人，我都会忍不住幻想电锯杀人的场景。当然，想着想着我也觉得，如果真的这样做那就太可怕了（笑）。要不，将来写进小说里吧。

② 这部电影叫《深入敌后》。

语言的壁垒

有些人很不擅长用专业术语，我也是其中之一。要是听到别人满不在乎地说出我不知道的词语，我会感觉受到了轻视，还会没来由地产生自卑情绪。我总是想，就不能用大家都认识的词语沟通吗？不过再往深处想，有可能“大家”反而是奇怪的那一方。

大约十年前，我从关东的某个偏远小镇来到仙台，听人说了“いずい”（izui）[①]这个陌生的词语。

“‘いずい’是什么意思啊？”“‘いずい’就是只能用‘いずい’来形容的感觉。”“你用所有人都能听懂的话给我解释一下嘛。”“所有人都能听懂‘いずい’啊。”

我去请教其他人，也只能得到这种坏心眼的回答。这导致我在那段时间困惑不已，甚至陷入了深深的不安，感觉这里的人就是要用那

① 在仙台，如果提到方言，这个词肯定会被第一个提起来，可见它非常有名。一开始有人告诉我那是“不小心穿了弟弟内裤的感觉”。另外，“がおる”和“いきなり”也让我一头雾水。我觉得“がおる”有“嘎哦”这个发音，有可能是指很有活力的感觉，结果竟是累到趴下的意思。而“いきなり”除了“突然”，还能用来表达“非常”“充满”的意思。不过，这个词发音听起来很像“いぎなし”。我在公司上班的时候，有一次站在打印机前，前

（脚注续下页）

诡异的暗语令我不知所措，最终把我赶出去。

实在没办法，我只好细心留意人们使用这个词语的场景和语境。现在我已经得出了“可能是指难以产生共鸣”这个结论，自己也经常使用这个词。如果现在有外地人过来问我这是什么意思，我一定会忍着笑，十分遗憾地回答：“这个词只能解释为‘いずい’。”

话说回来，我听说过这样一件事。

我父母的老家在长野，那里有“つもい”（tsumoi）、“まえで”（maede）这样的方言。前者是“紧”的意思，后者是“前”的意思。有一次我看到那边的一家地方企业给旗下的打印机附上了这样的使用说明，大意是“若出现‘つもい’的情况，请转动‘まえで’的摇杆”。②

可能对编写说明书的人来说，那是“大家”都知道的词语，他们应该没有感到任何异样，结果竟接到了来自全国各地的咨询电话。“‘つもい’的情况是什么情况？”“‘まえで’的摇杆是哪根杆？”

如果他们干脆坚称，“这是专业术语，哎，你不知道吗”，说不定

辈对我说：“这个会‘いぎなし’出来，你小心点。”我以为他的意思是纸会喷出来，很吓人，就绷紧了神经，结果竟是会出来很多的意思。由于前辈坚称“这是标准语”，我就跟他一起查了字典，最后确认是方言。

② 这是我听家里亲戚说的，搞不好还是件挺出名的事情。

那些词语就会在业界逐渐固定下来，并且在整个日本流行开来。我觉得词语就是这样的东西，不知实际如何呢？

《河北新报》（早刊）二〇〇三年五月十二日

2003年

自由的座位

我英语不好。多亏学校教育，我至少还有一点英语读写能力，但是在听和说方面就完全不行。为此，我每次碰到为英语而苦恼的人，都会有种找到了组织的感觉，心里特别高兴，又特别放松。不久前发生过这样一件事：我在东京站绿色窗口[1]排队，前面是个外国游客。他好像一点日语都不会讲，而车站站员又不太会说英语，花了好长时间才替他办好购票。如果我英语很好，肯定会主动帮忙翻译，但是很不凑巧，所以只能在旁边看着。①

过了一会儿，站员说了一句："李泽福西特噢……呃……"

他可能想问"您要指定席位还是自由席位"吧。指定席位的英文是"Reserved Seat"，但他可能一时想不起"自由席位"用英语怎么说，就"呃"了一声，再也没有下文了。我觉得"自由席位"应该是"Non-

① 这是《重力小丑》出版后，我在去东京的途中遇到的事情。我很喜欢这件事，所以在各种场合都说起过（笑）。有一次我对某位编辑说了这件事，好像是第二天，对方就给我发邮件说："我已经把它写成段子了。"

reserved"，但是没有勇气说出来。大约过了三十秒，站员突然两眼放光。我还在想：啊，他总算想起来了。没想到站员说出了一个出人意料的词："府里蹲？""李泽福……噢……府里蹲？"

府里蹲？不是，"freedom"确实是"自由"的意思，但是用在这儿不太对吧？那个外国人也一脸不可思议的表情②，反问了一句："Freedom？"他可能万万没想到，在这个地方会被别人问"你是否自由"吧。

Freedom，如果这样说，那种座位好像特别有魅力啊。要是有人这样问我，我肯定会买"自由的座位"。我这样想着，同时对那位站员产生了战友情谊。

《河北新报》（早刊）二○○三年五月十九日

1. 新干线订票有两种方式，一是在售票处（也称"绿色窗口"）或旅游服务中心购买，二是在新干线车票专用的自动售票机上购买。

② 我对他那个表情印象很深，他听到我说"freedom"时真的一脸诧异，连说话腔调都变了。好在一位排我前面的男性好像会说英语，我就赶紧拜托给他了。最后他们怎么样了我不清楚，但我猜终归是没问题的。而我，至今英语都不怎么样。

2003年

约个时间

有些人会说："我讨厌那种虫子[①]。""那种虫子"是指一种黝黑发亮、唰唰作响、动作迅疾，三亿年前就出现在地球上的虫子。有的人光是看它一眼，就会感觉世界末日来临了。我妻子便是如此。另外，据报纸上说，伊拉克一位叫侯赛因的人也很讨厌那种虫子。

前段时间，妻子在厨房对我发出了前所未有的惊恐呼唤。果然，那种虫子出现了。

那种虫子的名字本身就很恐怖了，一旦说出来，那几个发音会让恐怖的感觉倍增。要不，改叫"甲个时间出来打酱由"[②]如何？第一个字和最后一个字加起来，正好就是那种虫子的名字。

那次，我好歹是成功消灭了那种虫子，后来为了保险起见，我决定设下陷阱。因为可能还会有敌人潜伏在家中啊。

---

① 听说仙台以前很少看到那种虫子，有一位老家在仙台的公司前辈还是在去东京时头一次看到了那种虫子，心想：这是什么虫？好漂亮啊（笑）。那种虫子最近开始北上了吧。

② 后来，我在创作《魔王》时用了这个名字。

不过妻子认为“收拾陷阱的时候更可怕”，于是我决定改用别的东西。

最近，商店里竟然在卖“让虫子把杀虫剂带回巢穴灭其一家”的药。要是换个角度来看，那种药显得特别残忍。虽然心里感慨着人类的任性，我还是把药买回去布置起来了。

用过之后，我感觉这个药还是有不足。因为把药布置完了就只能等着，也不知道究竟有没有效果。药真的被虫子带回窝里去了吗？真的杀得了虫吗？这些都无从得知。

突然，我灵光一现——如果加上一个灭虫成功就会发出声音的设计怎么样？一旦有虫子被杀虫剂毒死，就会有“叮咚”的声音发出，这肯定是种很不错的商品吧。我马上跟妻子分享了自己的主意，结果她一脸惊恐地否决道：“如果叮咚叮咚地响个不停，那不就吓死人了。”原来如此，的确很吓人。③

《河北新报》（早刊）二〇〇三年五月二十六日

③ 我曾经想过写一本以那种虫子为主角的超人小说。里面的虫子跟人类一样大，而且还为了正义而战，可是大家都讨厌它。后来发现好像已经有人写了。我还构思了一个全身肌肉鼓起，身上背着火箭炮，每天用百米跑起跑姿势蹲在便利店门口预防偷窃犯罪的“蹲蹲侠”，这个创意也不了了之了（笑）。

墙 壁

虽然不知道普遍的评价如何，但我很喜欢丸山健二的《彩虹、亵渎的彩虹》这部小说。小说讲了一个被人追杀的黑社会成员（也可以称他为“时代的错误”）的故事，其中有个场景我印象特别深刻。

那就是死神①突然出现在主人公面前的一幕。死神威逼道：“赶紧把命交出来！”这个场面固然可怕，但主人公却朝他怒吼道：“你以为自己是何方神圣？！”

不久前，我突然想起了这句话。

不知各位是否知晓《别册东北[1]学》②这本杂志。里面都是关于东北人和东北文化的采访和对谈记录。

这本杂志每年发行两次，每次都精心制作，让人读来兴致盎然。这本杂志的最新一期刊登了一篇题为《越过墙壁》的文章，文中谈论

---

① 这篇随笔写于《死神的精确度》之前，我彻底把它给遗忘了。

② 这本杂志的编辑现在创办了一家名叫“荒虾夷”的公司，并推出了新的杂志《仙台学》。我断断续续地给这本杂志写过一些随笔，后来集结成册，便是《仙台生活》那本书。二〇一五年，集英社把它做成了文库本。

了歧视问题。

那篇文章记录了以被歧视部落问题为中心的采访和对谈，文字简明流畅，意义深刻，随处可见发人深省的话语，让我数次大惊。比如，有个人说：“我经常想，为什么会被歧视呢？歧视并不存在客观理由，如果有，我倒是希望有人能告诉我。”

一点没错，我这个天性单纯的人深表赞同，并且义愤填膺地想：这些毫无根据的蔑视太过分了，我绝对不会这么做。可是再看别的对谈记录，又见到了这样一句话：“在狩猎民族的世界里，人和动物就是互为食物的关系。进入农耕文明后，二者的关系就逐步发展为了人可以杀死动物食用，动物却很难杀死人类。”

我猛地感觉那就是在说我，顿时很不舒服。如此说来，我平时还真的会毫不犹豫地喷射杀虫剂，也很喜欢吃肉。要是有谁反过来对我做这种事，我肯定会生气吧。

我感觉，动物和大自然仿佛在指着我怒问：“你以为自己是何方神圣？！”

《河北新报》（早刊）二〇〇三年六月二日

1. 东北：指日本本州岛的东北地区，包括青森、岩手、秋田、山形、宫城、福岛六县。

2003年

等候联系

30 五月，星期五傍晚，我在等待手机[①]铃声响起。

是这样的：去年我刊登在杂志上的短篇推理作品，入选了某个推理短篇奖的候选名单。[②]

不管得没得奖都会有通知，所以我从评选会开始，就一个人等在电话旁边。

地点是仙台市政府的“市民活动室”。为什么要选择在这里等？理由说来话长，而且没什么意思，所以此处省略不讲。总之，我就在市政府一楼等待结果出来。

老实说，我对得奖的期待只有三成，剩下七成都是对有可能会落选感到不安。

可能因为时间段特殊，我周围全是老头老太太，他们坐在那里一

---

① 其实是小灵通，但是我当时不好意思这样写，就忍不住写成了手机（笑）。

② 是指《孩子们》成为日本推理作家协会奖短篇部门候选的事情。当时乙一、笹本稜平、本多孝好、舞城王太郎这些我很在意的作家都成了候选者，所以在我看来，那次奖项战况十分激烈。

边喝茶，一边看电视上转播的相扑比赛。

那个地方虽然不吵，但也不算安静，我忧心忡忡地想：在这里接电话是否不太好啊？同时反复练习着接电话时的台词。

我这人不怎么讲究吉利不吉利，然而在这种时候，却把期待寄托在了一切事物上。我甚至为了看倒立起来的茶梗，反复起身倒了好几杯茶（市民活动室有免费茶水）。[1]

就这样过了一个小时、两个小时，最后我不得不离开市民活动室，跟妻子碰头之后，又到咖啡店去打发时间。可是等了好久，电话还是不响。

就在我开始怀疑是不是有人忘了联系我，或者说不定他们不会给落选者打电话时，电话总算振动起来。

我接了电话，对方很不好意思地告诉我："您这次没有作品获奖。"真遗憾。虽然不至于失落，但我觉得这一定是茶梗没有立起来的缘故。③

《河北新报》（早刊）二〇〇三年六月九日

1. 日本有个说法，如果能在泡好的茶中看到有茶梗立起来，便会有好事发生。

③ 第二年，《死神的精确度》获得了日本推理作家协会奖的短篇奖。那次我的《重力小丑》也入围了该奖的长篇奖，当时我和《重力小丑》的编辑一起在咖啡店等电话。结果我在上厕所的时候接到了推理作家协会打来的电话，他们告诉我《死神的精确度》得奖，《重力小丑》落选。我回到满怀期待的编辑那里通知了结果，他有点伤心地对我说："恭喜老师。"(笑)

2003年

见个面吧①

有这么一件事，写在小说里显得陈腐过时，不过在现实中遇到却颇有意思。

不久前，我坐在咖啡店里休息，看见一个男性朝我前方那个座位穿着西装的男性走了过去。那两个人都有四十几岁。

“哟，小白领！”打招呼的男性头上卷着汗巾，看起来不像公司职员。

哦哦！另外那个人应了一声。汗巾男似乎马上要走，并没有坐下的意思，但连我都能感觉到那两个人久别重逢，心里都很高兴。于是我这个不相关的人也跟着高兴起来了。

我开始想象，他们是老同学吗？还是以前的同事？

那两个人打招呼的时候都很热情，只是后来的对话并不热闹，让

① 其实我不太记得自己写过这篇随笔了，但还记得与旧友重逢的那种幸福心情。

我这个偷听的人都有点着急。

“啊，对了，我把名片[②]给你吧。”穿西装的男人把手伸进口袋里。汗巾男为难地笑道：“我没有名片。”随后他又说：“我把电话号码留给你吧。”说着拿起马克笔写下了联系方式。

“找时间出来喝一杯吧。”临走前，汗巾男说了一句，座位上的白领男回答：“嗯，喝一杯吧。”他们之间没有那种说客套话的感觉，我觉得这样很不错。

“对了——”汗巾男似乎想起了重要的事情，“你得找个便宜的地方，两三千日元那种。”这句话说起来轻佻，但他的语气却很凝重，于是白领男也笑着点点头：“知道了，知道了。”

我呆呆地看着汗巾男走出店外，多管闲事地想：他们会出来喝一杯的吧，要是能找到便宜的居酒屋就好了。

《河北新报》(早刊)二〇〇三年六月十六日

② 我跟本多孝好先生对谈时，看到他满场发名片，心里觉得好棒啊，好有排场啊（笑）。于是我也去做了名片，还把出版过的小说的标题印在了名片上。每次出新书，我都会重做名片，把标题加印上去（笑）。现在已经不用了。

2003年

我心宽广

不怕直说，我是个很小气的人。

前段时间，吉井由吉的小说杰作《槿》[①]发行了文库本。那是一部二十多年前出版的小说，也曾做过一次文库版。只不过那版文库本后来就从市场上消失，再也买不到了。我记得我是在旧书店买到了那本书。小说内容精彩，我很喜欢，而且还有种优越感，得意于“我有市面上买不到的东西”。

所以，听说这回要再版，我特别不甘心，恨不得跺着脚抱怨：这下不就谁都能买到了吗！

如果有人要骂我任性，那也没办法。因为在这方面，我真的特别小气。让各位见笑了。

电影也一样。如果我想看的作品一直不上映，便会坐立不安地期

---

① 在《蚱蜢》[1]和《瓢虫》中登场的杀手“槿”的名字就来自这部小说的标题。

盼。可是一旦看完了，又会坐立不安地想“怎么不赶紧下映啊”。还要噘着嘴抱怨“怎么不快点上映下一部电影”。真的，太小气了。

今年看过的电影里，我最喜欢黑泽清[②]的《光明的未来》。不久前，这部电影还参加了法国戛纳国际电影节。

这个电影节有个竞赛环节，最终会选出此次参赛的优胜作品。获奖作品会引起热议，往往还会在日本全国进行凯旋放映。

从粉丝的心理来看，他们自然“希望自己喜欢的作品获奖”，但我的心理则十分扭曲，认为“那是我的电影，我不想让任何人看到”，从而暗暗期盼电影不要获奖。真是小气得让人厌烦。[③]

结果，电影落选了。这可能是我的错。

《河北新报》(早刊)二〇〇三年六月二十三日

1.《蚱蜢》：简体中文版书名为《杀手界》。

② 二〇〇九年，我得到了与黑泽先生对谈的机会。《华丽人生》里有个我很喜欢的登场人物——小偷“黑泽”，这里就借用了黑泽清先生的姓。

③ 我特别喜欢二〇一〇年获得诺贝尔文学奖的马里奥·巴尔加斯·略萨，因为他获奖，我以前花很多钱买的书再版了，价格变得很便宜，这让我格外伤心。真是好小气啊（笑）。反过来，我几乎买不到喜欢的作家埃尔莫尔·伦纳德的新书，因此我巴不得他的书再版。我的小气其实还挺复杂（笑）。

从街上回来读书吧

不久前，我有幸与一位音乐家[①]见面聊了几句，当时他有一句话让我印象很深刻："如果画面太假，电影就会显得没味道。但是小说可以自己想象，因此有无限的可能性。"

另外，一位作家[②]也说："我写作时带着一种心情：你有本事就做成影像吧。"

我还是个写小说的新手，一点儿都说不出这种话来，不过身为一个读者，我相信小说能够给我带来与电影完全不同的喜悦。

我并没有把电影视作敌手。（毕竟我平时的娱乐就是看电影。[③]）

不过，如果有年轻人对我说："与其看书，你不如租影碟来看。"我就会伤心地回答："不，那不是一回事。"

最近我时常想，"电影与漫画"在"让人看到"的影像这方面属于

① 这位是色情涂鸦乐队的晴一先生。当时我上广播节目宣传《重力小丑》，正好遇到了他。晴一先生对我这个无名之人也特别友善，我真是太感谢他了。

② 这里说的是本多孝好先生。我很期待他的新作。

③ 写这篇随笔的时候，我一年要去电影院看大约一百部电影。自从小孩出生后，这个数字就锐减了。

同一类型，从这个意义上说，“小说”可能算是“音乐”的同类吧？

因为没有影像，只能自己去想象。话语激发脑中的画面，旋律和节奏让身体直接产生感受，在这一点上，两者似乎是一样的。书写（或歌唱）的主题是什么都无所谓，只要能让读过（听过）的人产生“好舒服”的感受，那不就是最棒的作品吗？

我时常说，温柔是一种想象力。我还读到过一位作家的话：“如果全世界的人都发挥自己的想象力，核武器就会瞬间消失。”④

只接收双眼能够看见的东西固然快乐，可是难得生而为人，试着想象一些双眼看不见的东西，倒也不是件坏事。

在这个意义上，我有时也感觉手机收到的电邮能意外地刺激想象力。不过也别光靠电邮，还是看看书吧。⑤

《河北新报》（早刊）二〇〇三年六月三十日

④ 这句关于想象力的话来自大江健三郎。我记得应该是刊登在报纸上的发言，或是他写的什么文章里的一句话。如果有错，敬请原谅。

⑤ 结尾好像在强行劝人读书，当时可能实在想不到该怎么收尾吧（笑）。

疯了吗？

我有时会突然消沉。一些是有理由的消沉，一些是没来由的不安，总之，一旦开始烦闷，就久久不能平息。每逢这种时刻，我就会播放《空中塞车》的 DVD。

迈克·内威尔的这部电影情节并不算刺激。虽然能看到努力让情节刺激起来的痕迹，但我觉得故事基本上很平淡。

可能有人没看过，我先介绍一下梗概：

约翰·库萨克饰演的主人公是一名航空管制员，而且非常优秀（我是这么认为的）。一天，由比利·鲍伯·松顿饰演的转学生，不对，航空管制员英姿飒爽地出现在他面前，两人顿时燃起了熊熊斗志。于是，他们就引发了各种骚动，十分不妙！

写成文字就这么几句。压力极大（滑稽可笑）的航空管制员，存在感十足的配角烘托出的吵吵闹闹的气氛，还有安吉丽娜·朱莉[①]那不可思议的魅力，都成了这部电影的精彩看点。

其中，我最喜欢的是后半部分的剧情。

主人公与“转学生”一旦斗了起来，到最后肯定是大吵一架，然后热情地握手称赞彼此“你也很有本事啊”。这部电影也有类似的情节。

不过，电影里没有厮打在一起的画面，也没有枪战和追车情节。他们是通过更为单纯的东西认可了彼此。（这并不值得卖关子，不过为了照顾没看过的人，这里就不写出来了。）

那个场景虽然很短，但每次看到这里，我都会由衷地产生愉悦的心情。这样说略有夸张之嫌，但它真的会让我感到自己的烦恼都太蠢了，因此很不可思议。这种爽快感用小说一定很难表现出来。

这部电影的结尾有点老套，但是能让人感到温暖，因此特别好。唯一的缺点就是没有狗登场吧。

Café du Cinéma《小说昂》二〇〇三年八月号

① 我记得比利·鲍伯·松顿和安吉丽娜·朱莉就是因为这部电影认识并结婚了。这个八卦好像跟正文毫无关系吧（笑）。

看看文字就有幸福的感觉

《幻之终结》(基思·彼得森著，芹泽惠译，创元推理文库出版)

不怕冒犯地说，小说封面和标题都很不起眼，作者名字也从未听过。尽管勉强知道主人公是能干的记者威尔斯，可是仅凭这点无法让人催动食指。而且这明明是系列作品的第二部，书店架上却没有前一本。[①]

我感觉自己是碰巧翻开了书末解说[②]，发现里面排列着热情洋溢的文字，便晕乎乎地拿着书走到了收银台。

我清楚记得自己一翻开书就陷了进去，然后一口气读完。总之，登场人物极具存在感（但绝不突兀），看看文字就有幸福的感觉。

十年前，这个系列发售了第四部作品，其后我一直期待作者再出

① 我认为“威尔斯”系列的第二部作品比第一部更好，如果有人感兴趣，请务必从第二部读起（笑）。因为我也是这样的。

② 我通常会先看解说再决定要不要买文库本。妻子与我相反，是绝对不会先看解说的人。

新作，可是有一天，某位编辑说了“威尔斯四部全集”这话，让我大吃一惊。是吗？原来完结了呀。

《我的一册书》《推理！》二〇〇三年九月号

CD特等座

Bring'em in Mando Diao

我每天早晨都会到 Doutor 咖啡店去，最近仙台市内的店铺每天上午九点开始都有一个小时的原创广播节目。

前些天，那个节目里播放了这张 CD 的曲子，我心里"哦"了一声。因为那天我刚好在随身听上听过那首曲子。那应该是 DJ 挑选的歌曲，不过，能在出人意料的地方听到熟悉的旋律，让我感到很新奇。

不怕坦白说，我对外国流行歌曲真的很不熟悉，根本不知道最近出现了什么新乐队，谁又写了新曲子。不过，我在试听时喜欢上了 Mando Diao 的 CD，当时就买下来了。

乐队成员看起来很年轻，演奏技巧都不算纯熟，有时还能瞥见装模作样的瞬间，听说还参考了披头士（The Beatles）和谁人（The Who）

这些旧乐队。（写到这里，我感觉像在罗列自己小说的缺点。）不过他们有冲劲，还显露出了一些焦虑感，与近期大量涌现的摇滚乐队显得有些不一样。如果他们再做个十年的音乐，应该能成长为特别优秀的摇滚乐队，我对此很期待。不过，嗯，反正很快会解散①的吧。

言归正传。我离开咖啡店，在大街上转悠，随后走进了附近的一家租碟店②。

一走进去，我就听到收银台的店员③对着电话说：

“Mando Diao 好酷啊。”

我对这个有趣的巧合吃了一惊。刚从咖啡店出来，结果在租碟店也听到了这个乐队的名字。这让我心情大好，便在租碟的时候主动搭话了。

“我也很喜欢 Mando Diao。”

我有点担心会吓到店员，但他马上笑眯眯地回答道：“其实我每天早上都在当 DJ。今早就放了他们 CD 里的曲子。”

“啊！”我惊叹道，“莫……莫非是那家咖啡店的节目吗？”

---

① 这个乐队可能还没解散，不过从第二张专辑开始，我就没怎么听了。

② 当时我看电影基本都是跟妻子一起，一个人看的题材仅有三种（笑），那就是黑道电影、惊悚电影，还有戈达尔的电影。辞职后，我在工作日去咖啡厅工作的路上或是回家路上，都会穿着一身便装走进这家租碟店，租那种类型的电影来看。这家店很小，不过有很多没有升级为 DVD 的电影，简直是座宝藏！只可惜这家店现在已经关门了。

（脚注续下页）

没想到事情竟会发展成这样。我前脚刚走出咖啡店，就在这里碰到了广播节目的 DJ，而且他竟然还是我经常光顾的租碟店的店员。

“我经常听你的节目。”我笑着说。

店员却不好意思地问道：“你是伊坂先生吧？”

“啊？”

“我看了你的书，一直在想，那应该就是你吧。”

“啊，是的。”

如果把这件事写进小说里，肯定要被批判“太凑巧”。只不过，世界（仙台）真的很小啊。

《别册文艺春秋》二〇〇三年十一月号

③ 这位店员是当时住在仙台的诗人武田浩二先生。后来我和他聊天，发现他把我当成了经常大白天到店里来借惊悚电影的怪人。后来仙台一家书店的员工向他推荐了《重力小丑》，他又从什么地方看到了我的照片，于是武田先生不知何时就开始想：那个怪人可能就是伊坂幸太郎。只不过他是租碟店的店员，按规定不能主动跟我说话，后来就发生了这个“特别凑巧的巧合”。从那以后，我们就经常一起谈论电影和音乐。

采访一百零六位作家

“你被冲上了无人岛。身上只能带三样东西，请问你会带什么？”

· 狗粮

· 猫粮

· 黄瓜

为了避免“无人岛”只是“没有人但是有很多狗”的叙述性诡计，我先选了狗粮。而且我想在死前尝尝狗粮是什么味道的，但是一直找不到机会，也没有勇气。假设是落难到无人岛上，那我可能干得出这种事，应该也能得到别人的理解。猫粮也是同理。至于黄瓜，因为我很讨厌它，所以想趁此机会克服自己挑食的毛病。[①]

《发作式特大调查》《小说昂》二〇〇三年十一月号

① 我写的时候觉得必须要很有意思才行，结果充满了刻意感，也有那么一点失败的遗憾(笑)。我记得，当时我特别兴奋地看了别人的答案。

2003年

呼喊时呼喊，大叫时大叫

我认为，朋克摇滚就是大喊大叫。就算实际声音不大，也是在用笨拙的呐喊来表达不满和愤怒，仿佛在传达焦躁和迫切的情绪。哪怕是喃喃低语，我也认为那是在呐喊。我特别喜欢那样的迫切和滑稽。（这点很重要。）

我认为，碰撞乐队（The Clash）的首张专辑、The Roosters 的 *Sitting on the Fence*，还有查理·帕克的音乐，这些都是朋克（怎么想是我的自由）。我第一次听到它们时，没有附加任何理论或知识，而是单纯地产生了“啊”的感想，然后笑着想：糟糕，这挺好啊。随后又有了“这很不错”的预感。

其实，我在阅读大江健三郎的《喊声》[①]时，也有过类似的感觉。（虽然内容几乎不记得了。）

---

① 我真的很喜欢《喊声》。无论是当时还是现在，大江先生都很朋克。

老实说，我在上大学之前，完全不知道“大江健三郎”这个作家的存在。说来羞愧，但事实如此，我也没办法。

我十几岁的时候，周围没什么爱读书的朋友（虽然听说过大江慎也[②]，但没有任何人提起过健三郎这个名字），又不像现在有网络这种方便的交流工具，所以我几乎没法得到未知作家的信息。另外，我的阅读量本身也少得可怜。

大学入学后不久，我就邂逅了大江健三郎。

一天，我在学校书店里碰巧看到了《喊声》。

我不记得那本书是被放在展示台还是塞在架子里了，也不太清楚自己为何会向讲谈社文艺文库这种昂贵的文库伸出手。总之，我把那本书买了下来。

我认为，应该是“喊声”这个标题让我产生了朋克摇滚乐手在滑稽的喊叫中表达迫切情绪的可爱联想吧。

回到家中，我马上读了起来。

很快就产生了“啊”的感想，随后笑着想：糟糕，这挺好啊。

② 我也很喜欢大江慎也。这两位“大江”在我心中都是伟人。所以我总想在小说里安排一个姓“大江”的人物，但迟迟没有实现。我很想给这个人物安排重要的剧情啊。

我记得开篇有一句话："我们把我们的车按照法语喊作捷古尔，与其他所有的捷豹区分开来。"我顿时喜欢上了，觉得"这种感觉太蠢了，真好"。

不知不觉，我就着了迷。

诡异而扭曲的文字让我畅快无比，青年们因为一点无聊的事情而惊慌焦虑，怀抱着毫无必要的不安和不满，迷茫彷徨的样子让我深感共鸣。他笔下的性不是单纯的"性爱"或是"情色"，而是有着另一种让人情迷意乱又愉悦的感觉，这种写法也让我倍感新鲜。

读完之后，我感叹"这太棒了"。而且出于无知和单纯，我还满以为"我发现了这个'新人'作家，他是我的"，很快便去寻找他的其他作品。

当然，只要看过文库本后附的解说，就会知道一个人如果说"不认识"大江健三郎一定会被笑话。他是知名作家，而且写了很多作品，得过好多著名奖项，但我并不在意（因为我认为朋克是反权威的东西，所以选择性无视了获奖经历）。我既不是学者也不是评论家，只是窝在仙台出租屋被炉里的学生，所以这些细节我都不会在意。我认定“这就是我发现的作家”。

接下来那十天，我每天都骑着电动车到大学去[③]，买一本大江健三郎的书回家看完，再骑上我的电动车出去。

简单粗暴地说（一点都不严格），我整个人生只有那十天在读大江健三郎的小说[④]，所以说不出什么高屋建瓴的话来。但我可以肯定地说，那十天非常快乐。

或许从那时起，我就成了一个爱书之人，并开始想：小说和音乐好像啊。

这与那部作品的思想意义、惊天诡计或考题[⑤]里的“作者想表达什么”都毫无关系。它让我领悟到了一个理所当然的道理：只要读的时候开心就好。就算完全听不懂英文，好音乐依旧是好音乐，这两者是相同的道理。

于是，我现在依旧迷恋那种笑着想“糟糕，这挺好啊”的感觉，迷恋着那种急迫的喊声，因此才会走出去买书。同时我也想，要是自

③ 上学时，我住在靠骑电动车就能到学校的地方，哪怕冬天也坚持骑电动车上学。有一回我摔了一大跤，好在有积雪垫着，没受什么伤。

④ 我把大江先生的书买回单身出租屋里，兴奋地一边吃零食一边看。看完了再到大学去买书，然后再回家看。如此反复了十天。大学时期让我窝在房间里没日没夜看书的作家，除了大江先生，还有北方谦三。

（脚注续下页）

己也能发出喊声就好了。（不过心里抠抠搜搜考虑这些事情的人，喊出来可能一点都不帅。）

《改变我的一本书》《小说 TRIPPER》二〇〇三年冬季号

⑤ 大学入学考试前，我买了翁贝托 · 埃科的《玫瑰之名》，决心入学以后看，结果在大学上课时被美学老师“剧透”了，这让我备受打击。不，与其说是打击，不如说是愤怒(笑)。尽管如此，我还是在一个下雪天，窝在房间里读完了《玫瑰之名》。虽然被“剧透”了，但读起来还是很有意思。

我的“杀手锏”

我感觉，自己在对各种人表示感谢的过程中，不知不觉过了一年。

老实说，我并没有完成的自信，但还是在这里罗列一下接下来准备写的故事。

《蚱蜢》——关于杀手的故事。

《沙漠》——有关学生、超能力、朋克摇滚与麻将的故事。

这两者都是暂命名。

另外，在《小说现代》上刊登的短篇可能会集结成书。[①]不知该称为连作还是系列作，总之都是我喜欢的故事[②]，如果各位愿意读，我会很高兴。

《这部推理了不起！》二〇〇四年版

---

① 这里是说《孩子们》。

②《孩子们》《蚱蜢》和《沙漠》都是我特别喜欢的作品。那段时间我没有写书的概念，只是把自己喜欢的故事一个个写了下来。

因“猴子”脸红①

我因为“猴子”脸红过，而且是两次。

第一次是黑猩猩。去年，我因为自己的小说研究过基因，当时看到了某个著名的豆知识：“黑猩猩和人类的基因只有百分之二的差别。”我看的每本书上都这么写，就觉得很有意思，后来每次见到朋友都会说：“其实黑猩猩和人类的基因啊……”

然而几个月前，我看见报纸上写着“其实黑猩猩与人类的基因差别足有百分之十五”，顿时吓了一跳。紧接着，我为以前的吹嘘脸红不已，还慌忙联系朋友们订正了那个信息。结果他们基本上都特别失望，露出“信你真是吃亏了”的表情。（可能大家都很想相信百分之二这个差别的神秘之处吧。）总之，我一直认为这件事是“猴子”害我丢人了。

---

① 一个关系很好的记者某天到仙台来，把一大一小两个盒子放在我面前说：“我给你带了礼物。”然后还问我，“你要哪个？”我听过“剪舌麻雀”[1]的故事，就选了小盒子，结果小盒子里面是个更小的盒子，开了好多次都只有更小的盒子。这是怎么回事？我打开最小的盒子，里面竟然是随笔的约稿函（笑）。当时，我基本上把所有随笔都拒了，可是那天却忍不住笑着说：“那我就写吧。”后来，这篇随笔就成了每年让我抓耳挠腮的“干支随笔”第一弹（笑）。

第二次是因为孙悟空。没错，我因为《西游记》中的孙悟空，又丢人了。

那次我跟妻子自驾游去了松岛，开在狭窄的山路上，中途看见一个小小的停车场。我本来打算直接开过去，但是突然吓了一跳，因为最边上的那个车位挂着“孙悟空专用”的牌子。

“孙……孙悟空会跑到这里来吗？”我大吃一惊，开始想象他乘着“跟头云”降落在那里，顿时特别兴奋。

我立刻转头对妻子说了这件事，她却回答得异常冷静：“因为旁边那家拉面店叫‘孙悟空’啊。”哦，原来如此。

我把这件事写下来发给负责稿件的记者，对方马上打来了电话。我本以为他要夸我，结果并不是。“伊坂先生，孙悟空的云叫筋斗云，不叫‘跟头云’。你这样不行啊，这可是常识。”

啊？我眼前一黑，赶紧拿起词典[②]，的确是“筋斗云”。实在太丢人了，我只能双手掩住赤红的面颊。唉，又来了，第三次了。

② 当时我用的是父亲给我的《广辞苑》，我每天到咖啡厅去工作都要拿个口袋装着走，实在太重了。我特别认真地想，要是能在前台说一句“请给我跟平时一样的”，然后店员就会把咖啡和《广辞苑》一起送过来就好了。

《申·猴年随笔》

《中日新闻》(晚刊)二〇〇四年一月九日

1. 剪舌麻雀：是一个日本民间故事，内容与我国流传的“金斧子与银斧子”的故事类似。面对麻雀的回礼，善良的老爷爷选择了小盒子，发现小盒子里是金块；坏心眼的老奶奶选择了大盒子，结果里面是妖怪和毒虫。

读书亡羊[①]

我很喜欢“读书亡羊”这个四字熟语。意思我记不太清了，好像是“过于热衷某种事物，导致遗忘了重要的东西”。语源可能是哪个羊倌光顾着看书，把羊给看丢了吧。光是想象那个光景，我就觉得好玩儿。

白白的羊在绿绿的大草地上吃草，季节大概是春天或者初夏，羊倌挑了个视野开阔的地方坐下来。一开始他还在看着羊，后来想起了自己带的书，便读了起来。很快，他就沉浸在故事里，忘记了时间的流逝。不知过了多久，他猛地抬起头来，羊已经跑得无影无踪了。“啊，糟糕。”

真希望我也能看到能让羊倌把羊看丢的有意思的小说。如果可以，我还希望自己有一天能写出那样的小说。

《词语之海：宫城县图书馆寄语》二〇〇四年一月号

① 这是一篇图书馆向我约稿的随笔。一开始，我以为这个词的意思是光顾着看书把羊都给看丢了，所以不能光顾着看书，要注意。结果一查字典，竟然完全不是，真是大吃一惊。

2004年

下次是什么时候

我并非酷爱旅行之人，相对更喜欢待在家里。尽管如此，我还是有过几次国外旅行经历。

第一次出国去的国家是不丹。

那已经是十多年前的事情了。那时我才十几岁，跟弟弟一块儿被母亲拽过去的，所以准确来说，那应该更像是一场仪式，而非旅行。总之，那无疑是我第一次去外国。

我们在不丹待了十天，我至今都清楚地记得当时的情景。

老实说，我对周围的崇山峻岭[①]和平静田园并没有什么感想，因为我跟其他十几岁的年轻人一样，都有点儿目中无人，想必是觉得“被景色感动”这种事很“老土”吧。我觉得“这跟在电视和照片上看没有什么不同”，完全没有好好欣赏。真是的，太可惜了。不过尽管如

---

① 我们那天要爬山，还以为是坐巴士去，结果坐上了很像骡子的动物。花了好几个小时登顶，在上面参观了著名寺庙塔克桑寺。最让我惊讶的是，明明没走几步路，我就开始气喘吁吁了，因为不丹海拔很高。当时这件事让我吓了一跳。

此，我还是因为不丹人民混合着稳重与严苛的不可思议的特质而受到了冲击。

他们开车特别凶猛，时刻都在嚼像口香糖一样的东西②，整张嘴被染得鲜红，明明穿着像和服一样的袍子，却浑身散发着粗犷的风情。最让人印象深刻的，便是他们的笑容。我这人脸上总是挂着讨好的笑容，而不丹人平时的表情特别严肃，只会不时滑稽地露出两排牙齿。无关年龄与性别，那样的笑容在我看来特别可爱。

我们在当地有地陪导游，我记得那些导游长得都特别帅，好像电影明星一样。

而且他们明明是导游，却从来不为我们服务，只顾着嚼槟榔，挥舞从地上捡来的树枝，从山上往下扔石头，怎么看都像是“为了打发时间跟我们一块儿行动”。我都有点想对他们说：“我们可不是碰巧遇到的朋友。”

当时日本正值泡沫经济时期，不丹则被称为“全世界国民生产总值最低的国家”（可能现在还是）。[1] 我记得那些导游一直在说：“日本

② 不丹人嚼的口香糖一样的东西是由槟榔叶包着石灰和槟榔果实做成的，在那边被称作“doma”。这还是负责校阅随笔集的人告诉我的（笑）。

这个这么小的国家竟然超越了美国，真厉害。”[2]我动用了所有的英语细胞，想对导游表达：“每个日本人都很忙，我觉得不丹更好。”然而并不顺利。

最让我记忆深刻的是离开不丹那天，在不丹机场（只是一片大平地上有几条滑行道）与导游们道别。我们在不丹的日程安排得很紧，而且那里又是高原，所以我当时已经筋疲力尽，很想赶紧回去。就在那时，一个导游跟我握手了，还带着一如既往的冷酷表情对我说：

“See you again.”

不久之后，我走下飞机③，突然感到一阵寂寥感涌上心头。

那位导游每次都会通过说“再见”来送走不同的客人吧。那个人有那个人的生活，他一定会把我忘记。我呆呆地想着，竟哭了起来，很想对他抱怨：“again 是什么时候啊？”

③ 新潮推理俱乐部奖的奖品之一是一张商务舱机票，于是我又买了一张经济舱的票，跟妻子去了新西兰。在回日本的飞机上，我旁边坐了一对疑似新婚旅行回来的男女。刚起飞的时候，他们还在卿卿我我地喝红酒、聊天，看起来特别开心，可是到达日本时就很不对劲了，女方甚至还说“我要回娘家”，把我给吓了一跳（笑）。闹矛盾的原因好像是哪一方把什么东西的钥匙给弄丢了。

这次的小说④里之所以有不丹人登场，就是因为这个。

换言之，我通过这部小说与那位导游重逢，享受了绝对不会有的“again”。

他如今还在山上扔石头吗？一定是吧。

《前书后书》《新刊展望》二〇〇四年一月号

1. 实际上，不丹不是世界上国民生产总值最低的国家。
2. 日本泡沫经济时期，正值美国经济低迷，因此日本国内出现了“日本是世界第一”的口号。

④ 是指《家鸭与野鸭的投币式寄物柜》。小说由继《碍眼的坏蛋们》之后写的第二部小说改写而成。

2004年

遵照说明

不久前，我接到了一个让人不愉快的电话。对方是一个特别自来熟的男性，他语速飞快地对我说："我们这边有个项目对租住公寓的人来说很实惠。"老实说，我对"您正在写的小说可以有这样一个有趣且戏剧化的桥段"还有点感兴趣，对"很实惠"的事情就不那么感兴趣了。我回了一句"我没兴趣"，正要挂掉电话，对方突然提高音调喊道："没兴趣？！"仿佛对我的话难以置信，"您对住宅这件大事竟然没兴趣吗？"

实在没办法，我只好用"我很忙"试图拒绝，结果他又加重了语气喊道："您很忙？"紧接着问，"那您什么时候有空？"

"这不是时间的问题，请你不要再打电话来了。"

"那您刚才说很忙，就是在说谎啦？"

他那边肯定有一份工作说明，告诉他在这种场合要这样回答吧。

比如，对方的话里如果出现矛盾，就立刻从那里突破。

于是我试着问了一句："对了，你是哪个公司的？"他竟十分干脆地回答了。我又问："你叫什么名字？"他也告诉我了。最后我好不容易表达了"你再怎么打电话来也没用"，才总算把电话给挂掉了。

后来我在网上检索了那家不动产公司的名称，果然找到了疑似"恶意商家"的信息，他们好像还因为"违法合同"打过官司。① 太可怕了。（后来我听朋友说，接到这种电话千万不能多说话。不管说的是什么内容，他们都会根据对话时间来给人打上"A"或者"B"这样的标签。）

不过就算是这样，他说话就不能稍微有礼貌一些吗？听到一个人用这么令人讨厌的方式说话，就连我这种性格温和的人也会生气。这样，就算是煮熟的鸭子也该飞走了。所以，请一定要改进工作说明的内容！

等等，好像问题不在这里吧。

TEA TIME《文艺发布》二〇〇四年四月号

① 最近我又上网查了查，发现那个网站上放了一段推销电话的录音。对方的说话方式、抑扬顿挫都跟当时给我打电话那人一样，甚至让我怀疑是同一个人。看来那就是发言模板啊。要是不小心听对方说上几句，就算把电话挂掉，那边也会马上打回来，要接电话的人至少得听他把话说完。如果不慎答应他们上门拜访，好像就完蛋了。他们会赖着不走。所以各位接到那种电话时，一定要当场挂掉。不过，如果当场挂掉，对方也会马上打回来质问："你为什么挂电话？我要到你家去。"所以，最好把电话线也拔了。这是我的建议（笑）。

2004 年

我心中的恋爱电影——《渔王》

《渔王》(特瑞·吉列姆导演)

我最喜欢车站里跳舞的场景。还有罗宾·威廉姆斯跟单相思的女性头一次约会时的搞笑用餐场景。

坦白说，我很少关心恋爱小说和恋爱电影这类作品[①]，不过看了这部电影，我也觉得恋爱电影其实挺不错的。

在一个日常场景中，突然闯进了一名恶魔般的骑士，或是有人突然举枪扫射，电影里有许多奇妙的(很有这位导演风格的)有趣之处。不过我个人认为，这基本上是一部让人大笑过后心有所感的、令人十分享受的恋爱电影。

我很喜欢杰夫·布里吉斯表明心意那场戏。“我想为他做点什么，比如撮合他跟女人……”

---

① 以前我不怎么喜欢看带有恋爱内容的虚构小说。我认为可以将大家都喜欢看的恋爱内容比作料理中的肉。菜里有肉肯定好吃啊。既然如此，能把素菜做得很好吃才算真本事(笑)。现在，我的想法改变了，认为就算是做肉菜，也要注意火候和调味，需要掌握各种技巧。

这种把朋友和熟人卷入其中，丝毫不考虑他人想法的任性，或许就是恋爱的趣味和内涵。

《全读物》二〇〇四年五月号

请多关照①

大家好，我叫伊坂幸太郎，很高兴能加入日本推理作家协会，请各位多多关照。

我没有很特别的经历和技能，便决定写写最近发生在身边的事情。②虽然接下来的事都与电话相关，但实属偶然，并没有特殊意义。

先来说说我自己的事。不久前，我在仙台车站附近的一座大楼里用小灵通给东京的弟弟打电话。

那个电话比较长，我们闲聊了很久，中途我想起一件事，开始翻自己的包。

“你怎么了？”弟弟好像也听到了我这边的响动。

“没什么，”我回答道，“就是找不着小灵通了。包里我都翻过，没找到。这下糟了，会不会掉在什么地方了？”

---

① 其实我本来想做一个入会的问候，但实在没什么可说的，就变成了这种类似变化球[1]的形式。不过写出来一看，又感觉这样反倒“别有所图”，我又有点后悔，当初应该直接讲讲话就好了（笑）。

② 这篇随笔里写到的全是真实发生的事情。

结果，弟弟十分为难又困惑地对我说："那啥……"

"你先等等，我在找小灵通呢。"

"那啥，老哥，你现在不正在用小灵通跟我说话呢吗？"

"哦，对啊。"原来如此，原来如此，就按在我耳朵上的嘛。

第二件是我从咖啡馆听来的事情。[③]当时，有两位年纪比较大的男性正在很严肃地对话。

我很好奇他们在说什么，仔细听了听，好像是关于"IP 电话"的。简而言之，他们在讨论"IP 电话中的'IP'到底是什么的缩写"。

老实说，我也不知道答案，所以很期待他们能讨论出结果来，然而过了一会儿，其中一位说："前不久是不是有部电影叫那个名字啊？"

我顿时心想：糟糕。

因为我的直觉告诉我，他说的一定是《碟中谍》(*Mission Impossible*)吧。虽然毫无根据，不过那部电影的第二部被写作"M:I–2"，看起来多少有点像"IP"，"Impossible"的发音也能让人联想到"IP"。所以我就想，

③ 我碰巧听到了这么一件好玩儿的事，当时不得不拼命忍笑。听到这种事果然很让人开心啊。

他是不是因为这个弄混了。

果然，那人又说了一句："就是那个什么克鲁斯演的。"我顿时心跳加速。"那个什么克鲁斯"不是《丛林奇航》(*Jungle Cruise*)就是汤姆·克鲁斯，如此一来，是《碟中谍》的可能性就迅速上升了。这下糟糕，"Impossible"的意思是"不可能"，但是"不可能电话"显然不是正确答案。他们按照这个方向摸索只会走进死胡同。

"嗯……叫啥来着？"另一个人陷入了沉思，好在电影标题并没有冒出来。

最后，他们的讨论结果为："啊，对了，那应该是'International Phone'的缩写吧？"

那不就成了"国际电话"吗？虽然我心里不是没有想法，但那总比"不可能电话"好多了。

第三件事是打错电话。不久前我家电话响了，我拿起电话，对方也不自报家门，就自顾自地说起话来。"啊，是我，你到家啦？那啥……"他的语速非常快，一开始我愣了一会儿，很快发现这肯定是打错电话了。不过那个人滔滔不绝地说着，我根本没机会插嘴。过了好一会儿，我总算找到机会问了一句："不好意思，您要找哪位？"结果对方一愣，问道："啊，你不是 ×× 吗？"

"我不是。"

"不好意思。"对方有礼貌地道了歉，然后挂掉了电话。

原来还有人连名字都不问就在电话里大说特说啊，我刚想到这里，电话突然又响了。我有点不好的预感。不对，我满脑子都是不好的预感，但还是拿起了听筒。

果然，又是刚才那个声音。"唉，刚才给你打电话，结果弄错号码了，好丢人。"

不是，那啥，你还是先确认好对方是谁吧。

《日本推理作家协会会报》[④]二〇〇四年八月号

1. 变化球：指棒球投手将球投出后，其速度、方向会改变的球。

④ 到二〇一二年为止，我还做过几次日本推理作家协会奖的评审委员，感觉很不可思议。

我反复倾听的三张 CD

① The Roosters 的同名专辑 *The Roosters*，日本哥伦比亚公司

②齐藤和义[①]合集

③桑尼・罗林斯的《桑尼・罗林斯 Vol.2》，东芝 EMI 公司

①去年，我得知主唱大江慎也开了演唱会，感动之余写了《孩子们Ⅱ》这个短篇。②他的音乐抒情而可爱，我很奇怪他为何没有更大的名气，不过如果他名气太大了我又会感到寂寥，所以这样刚刚好。③我还很喜欢这张专辑的封面。

《周刊文春》二〇〇四年八月十二日、十九日合刊

---

① 我很不好意思写自己真正喜欢的东西，这里是头一次公开宣布我喜欢齐藤和义的音乐。反正没人会看（笑）。不过好像有工作人员和粉丝看到了这篇文章，几年后我突然接到委托，为齐藤和义作词。一切都始于这几行字。于是我觉得，这些东西写写也不坏啊（笑）。

在化作热带的东京上演的灼热幻想剧

"小说无所不能。"[①] 这是几年前一位小说家在我旁边发表的见解。我记得他说这句话的时候特别高兴。虽然没有详细解释，但我还是非常感动。因为那句话让我感觉，和电影、漫画、音乐不同，小说还有很多值得尝试的独特手法。

其实我在读佐藤哲也[②] 的小说时总会想起这句话，说得更明确一点，就是"小说表现的可能性"。

我们在被故事吸引的同时，也为小说的力量感到兴奋，所以才会产生幸福的感觉。

这次的《热带》正是如此。不，应该说，在佐藤哲也的众多杰作中，它是乐趣最为丰富的一部。

光是复述故事的内容，或许就能让各位理解这是一部多么有意思

---

① 说这句话的人是奥泉光先生。正如随笔中所说，我听到这句话时特别感动。

② 我几乎从来不去参加文学奖的派对，不过有一次得知佐藤哲也先生也要去，我就参加了那场派对，还请他给我签了名。那次我妻子也一块儿去了。这种事可能一辈子就只有一次吧。我还在公司上班时，读到佐藤先生在博客上写的影评，觉得很有意思。后来我又读了他的小说，那些小说真是太棒了，太让人感动了。我在写了《奥杜邦的祈祷》并参加了新潮

（脚注续下页）

的小说。

小说先从一座岛屿的历史讲起，中间插入亚里士多德和柏拉图的对谈。没承想空调里竟装了炸弹，接着就是系统工程师们开会的场景。CIA[1] 和 KGB[2] 在漫画咖啡厅对决，连可爱的水栖人[3] 都登场了。

看到这段文字，可能很多人都疑惑不解，甚至要嫌弃地说："那不就是胡乱堆砌无厘头要素的热点小说吗？"各位无须担心，这部小说完全不是那种东西。

对佐藤哲也来说，这些不可思议的素材全都是用于"小说表现"的材料。

不，我在这里一迭声地说"小说表现"，可能会有人觉得"这该不会是什么实验小说吧"，也可能会有人担心作品会过于晦涩难懂。各位无须担心，这部小说完全不是那种东西。

这本书丝毫没有艰深晦涩的感觉，而是讲述了一个有趣而快节奏的故事。

小说先从一座岛屿的历史讲起，然后插入亚里士多德的谈话，空

推理俱乐部奖评选之后，读到了佐藤先生的《以拉海》，深受震撼，还觉得自己再这样下去肯定不行。如果看书和参评的顺序反过来，我可能不会把《奥杜邦的祈祷》投出去，因为《以拉海》实在是太震撼了。后来河出书房新社做了个"文艺别册"的策划，我得到了采访佐藤先生的机会，总算能跟他说上话了，心里格外高兴。

调里被安装了炸弹，接着工程师们开起了会……啊，前面已经写过了。

总之，这既是一部追求小说独特表现力的高深之作，又是一个神奇而可爱的有趣故事。

如果是熟悉小说和电影的人，应该能深入体会这部小说的乐趣。虽然我不是那种人，但也能乐享散落在故事中的小幽默，获得十足的幸福感。

它跟冷笑话和闹剧不同，充满了小说独特的幽默感。读过的人肯定知道，突然登场的代理部长和危机管理中心的自动语音应答系统的愚蠢对话，还有电影场馆内的广播，全都散发着一种憨憨的气质，让人恨不得把书紧紧抱在怀里。

佐藤哲也每次都能创作出“与任何东西都不太相似”的独特故事，并在里面融入他独有的幽默感，将其呈现在我们面前。

能够与这位作家生活在同一时代，能够用母语阅读他的作品，我们应该格外骄傲。

《佐藤哲也〈热带〉（文艺春秋）书评 ③》

《周刊文春》二〇〇四年九月二日号

1. CIA：美国中央情报局。
2.KGB：苏联国家安全委员会。
3. 水栖人：指存在于神话和民间传说中的生物，结合了水生动物、两栖动物和人类的特征，亦称为鱼人或两栖人。

③ 我觉得写小说跟评论小说属于两种不同的能力，所以我基本不写书评。简而言之，就是不擅长。

2004年

我们是麦格克侦探团

我呆呆地想了一会儿，小时候自己最喜欢的是什么书呢？[①]当我想到这套书［《我们是麦格克侦探团》（E.W. 希尔迪克著，蕗泽忠枝译，山口太一插画，茜书房出版）］的标题时，当时的那种兴奋感顿时复苏了。“就是它！”

本来早就忘了，只是一想起书名就突然兴奋难当，所以我想，小学时的我一定特别喜欢那个系列。

这套书讲了一个名叫麦格克的红发少年与朋友们组成侦探团的故事，他的朋友有戴着眼镜、看起来很老实的“怪鼻子”维利，还有四个好胜的女孩子。故事讲的就是这群孩子打打闹闹，四处闻来闻去，又打打棒球，然后侦查案件。

我尤其喜欢的细节是他们每人都有一张证明身份的“ID 卡”。那

① 上小学时我看了很多儿童文学，尤其喜欢侦探团故事。文中也写道，我还跟好朋友一起制作“ID 卡”，指着路上的陌生大人说：“那个人很可疑，肯定是个坏叔叔！”还跟踪人家。我觉得，当时那位叔叔应该早就发现自己被跟踪了（笑）。我们还把基地定在我家，用公共电话联系彼此，玩了好久的侦探团游戏。有一回，一个朋友被可怕的高年级学生抓走了，不，好像跑掉了，还特别急切地联系我们商量对策，中途电话突然断线了。他过了好久都

（脚注续下页）

是孩子们亲手制作的卡片，还在上面贴照片、按指纹，记录了年龄和身高。读到这里，我当然彻底坐不住了，马上跟好朋友一起做了同样的卡片。

明明没什么特别夸张的事件，但我还是很羡慕可以在自己家附近冒险的麦格克他们。

我写的小说大多是日常的、将普通人卷入其中的冒险，可能就是受到了这套书的影响。

《印象深刻的书》《童书》二〇〇四年十月号

没有再打过来，因此我们都急坏了，最后发现原来是我没把听筒放好，电话一直在占线状态（笑）。

“已经逝去却依旧在长椅上”的人为你喝彩的短篇集

有人说：“你啊，那东西反正都丢了嘛。”有人安静地回答：“不，虽然丢了，但没有消失，它依旧存在着。”

我读着这本短篇集，心中勾勒出那个场景。虽然书中并没有描绘那个场景，多数登场人物也没有释然到那个地步，但是此书整体都隐隐体现出“逝去的人没有消失，他们依旧存在”的意思。

然后，我又想起之前读过的一部作品《如果你能接到我的球》中写道：“打棒球大体是一种孤独的竞技。”棒球比赛中的打手和捕手都是一个人完成动作，或许可以说他们是孤独的。可是他们周围有队员，获胜的喜悦也有人分享。我记得那就是这样的故事。

这句话和这本短篇集有着相通之处，而且毫不夸张地说，它也与生存这件事相通。我觉得，生存的大部分工作确实都要自己一个人完成，这就跟棒球的打手一样。但是，这也并非孤军奋战。因为身后的长椅会传来同伴的声音，至少可以认为，那里的确会传来同伴的声音，而且那张长椅上不仅有同在世间的人，还有可能坐着已经逝去的人。这本短篇集中就出现了几位“已经逝去却依旧在长椅上”的人。

该书收录的每一个短篇，气氛都有所不同。讲移植手术与业余棒球的《2 磅的礼物》非常不错，《渡月桥》也给人余韵悠长的感觉。最有趣的是《张先生的康乃馨》，在这个短篇中，张先生一字不差地再现了巨人长岛退役比赛的发言。听了那段演讲，主人公少女还应和道：“长岛，你还行！”结果张先生竟然哭了起来。这段特别可爱，我很喜欢。

《伊集院静[①]〈车站怎么走〉（讲谈社）书评》

《周刊文春》二〇〇四年十二月二日号

① 曾经我得到了伊集院先生好像住在某一带的情报，没有确认真假就跟妻子两个人过去看了。越靠近那个地方，周围的房子就越气派，害我很担心当时开的那辆小车是不是不能在这么高级的地方跑（笑）。《家鸭与野鸭的投币式寄物柜》获得吉川英治文学新人奖时，我在休息室第一次见到了伊集院先生。当时伊集院先生对我说：“小说就是为了满足那些为毫无道理之事感到悲伤的人。”我特别喜欢那句话，经常在接受采访时说：“我听伊集院先生说……”不久前我接到他的电话：“你不用每次都老老实实报我的名字，当成你自己的话就好了。”（笑）

我爱这片大地[①]，仙台01：两个政宗

仙台有两座伊达政宗像比较有名，分别建在青叶城和仙台车站。[②]不过可能没人知道，那两座政宗像给人的感觉其实截然不同。平时都不怎么注意看，但我这次拍了照片回来，才发现两者太不一样了。

青叶城那座显然官气更足，还具有浓浓的历史感，气势惊人。至于车站里的政宗像，和前者对比起来竟有点漫画感呢。用“软弱”这个词来形容或许恰到好处吧。其实青叶城那座政宗像是俯瞰着仙台的，好像正面朝着车站。我想，他可能在瞪着车站的政宗像说“你小子别模仿我”吧。

对了对了，我以前听说乔治·卢卡斯向仙台市咨询过政宗的铠甲[③]，“想用来做达斯·维达的造型参考”，那是真的吗？

《日本纵断 ↔ 随笔接力》《小说宝石》二〇〇四年四月号

---

① 这三篇《我爱这片大地》是我自己拍照，自己做的策划。我想到自己从来没在晚上看过政宗像，就在深夜去了一趟青叶城。那里一片漆黑，连个人影都没有，特别可怕。可惜天太黑了，拍了照也看不到什么，我只好放弃，改成白天去拍。

② 仙台站的在二〇〇八年三月搬到了大崎市。

③ 我在《沙漠》一书中写过关于这个铠甲的事情。

我爱这片大地，仙台 02：自吹自擂

我去看足球比赛了。那是 J2 仙台维加泰①的主场比赛，我跟妻子在对方阵营的声援席上看完了全程。因为我朋友在客场队伍里。我跟他在小学同班了好几年，毕业后他去了外地，从此我们就几乎没有再见面的机会，但还是会不时打电话联系。现在，他依旧是我值得骄傲的朋友。大学毕业后，他成了足球运动员，每次在仙台打比赛都会打电话告诉我“要到仙台去”，然后我就会去看比赛。每次看完，我都特别感动。因为他的行动冷静而精确，又十分细致，就像他上小学的时候戏耍我们一样，凭实力取胜。他活泼好动而又头脑冷静，我骄傲地想：他还是以前那个招人喜欢的样子啊。说到骄傲，我们在回家的路上路过公园，一只鸽子落在我肩膀上了，这个能吹嘘一下吗？②

《日本纵断 ↔ 随笔接力》《小说宝石》二〇〇四年八月号

① 二〇一〇年，维加泰晋级到了 J1 联赛。我很开心。

② 我啊，顶多也就是上高中时会有蜜蜂飞到我用发胶立起来的头发里，平时算是个连狗都不屑来咬的人，当时真的有一只鸽子停在了肩膀上，还没有对我发起攻击（笑）。那当然是有生以来头一遭，所以特别感动。

2004年

我爱这片大地，仙台 03：松岛

“啊，这有啥？”我大学到仙台玩，头一次踏足松岛的感想便是这个。[①]松岛号称“日本三景”之一，因此我一开始期待的是特别“戏剧性”的景色吧。在停车场下了车，能看到一个个长着松树的小岛，我忍不住想：不过如此嘛。虽说如此，因为我住得比较近，来的机会很多，逐渐就把这里当成了最喜欢的地方之一。游客多的时候的确挺烦的，但是在人少的日子，蔚蓝的天空和松岛湾、碧绿的树木和草地显得特别清爽宜人。

我还喜欢旁边那座瑞严寺的参道。那里有一排粗壮的杉树，站在其中可以感到心情平静了下来。在我最近出版的杀手小说[②]里，最后对决的舞台之所以选在杉树林，显然是因为自己走在这里，心里觉得“真不错”。

《日本纵断 ↔ 随笔接力》《小说宝石》二〇〇四年十二月号

---

① 现在我很喜欢松岛。上学时感觉就是，坐车过去，那里是松岛哦，好了，走吧。不过如果坐在游船上看就能体会到截然不同的趣味，非常不错。请一定要坐船看看。这么说有点像推销呢（笑）。

② 我当时刚出完《蚱蜢》，就已经在考虑写它的续作了，连书名《瓢虫》都定好了。

我的“杀手锏”

我正在写一部名为《沙漠》[①]的单行本小说。这应该是一个有关大学一年级学生的轻松愉快的青春故事，所以我也很期待这部作品的完成。

另外，今年夏天，我像着了魔似的脑中突然冒出标题和内容，于是一口气写了出来，那就是《魔王》这部小说。虽说是中篇，但是更像半长篇的感觉。

这部小说讲述的是一个不知是否该成为超能力者的男人，和他滑稽且注定无法得到救赎的战斗。没有阴谋诡计，也没有突然的反转，明显不能称作推理小说，如果各位愿意一读，我会十分高兴。

故事预计会刊登在讲谈社十二月上旬发售的小说漫画杂志《绘空》[②]上。

《这部推理了不起！》二〇〇五年版

---

① 就在《沙漠》准备发售的时候，我的小孩出生了。

② 这是当时跟我合作的讲谈社的编辑一手创办的杂志。我觉得为了改变现状而亲身尝试的人都很朋克（笑），所以无论如何都想帮一把。毕竟那位编辑是最先邀请我写短篇的人，现在虽然调到了别的部门，但我内心偷偷在想，真希望那位编辑早点回到文艺部门工作啊。

在下是“干支”①

在下是干支，还没做出什么成绩。不久前，在下才刚接到了“鸡（酉）”的岗位。

昨天跟在下交接的“猴（申）”前辈同情地说：“让你一个新人突然上岗，真是辛苦啦。”太感谢了。前辈又说：“害怕倒是不需要，只不过这份工作挺辛苦的。尤其是这里最累。”说着，前辈用拇指指向自己胸口。

“劳心吗？”

“比如二〇〇四年，一会儿是酷暑，一会儿刮台风，一会儿闹地震，而且中东那边也事情不断。自己在岗的年份接连发生了这么多事，总会让人烦恼那是不是因为自己不够好啊，实在太难了，而且这不是

① 这是“干支随笔”的第二弹。说是“干支随笔”，其实并没有专门开辟一个栏目，而且每年刊登的地方还不一样，所以每篇的长度也有所不同。我曾半带自暴自弃的心情宣称过，“干脆每年都写‘干支随笔’好了！”听了此话的记者竟然很乐呵（笑）。所以写这篇的时候，我心里的感受是边写边看，能写多少写多少吧。当然我对自己是在用虚构的冷笑话逃避现实这一点，也并非没有自知之明（笑）。

到年末了嘛，还有好多人开玩笑[②]说，‘可恶的猴年走了才叫猴（好）啊’，太让人沮丧了。”

“还有人说冷笑话吗？”

“问候新年的时候也是。贺年卡、电视节目和广告中一大半都是冷笑话。我听说啊，‘鼠（子）’可不好过了。”“猴”前辈苦笑着说，“听说那年有好几万份贺年卡上写了‘年糕吃多了不好，请吱悉’。”

“在下到时候也会遇到那样的状况吗？”

“你啊，肯定会有很多‘鸡极应对’‘鸡本来说’吧。啊，对了……”

“怎么了？”

“这次猴年年初暴发过禽流感，当时事情闹得很大。如果是发生在你这一年，恐怕你就笑不出来了。鸡年暴发禽流感可真不好玩儿。”

在下感到脸上顿时没有了血色。“那……那场灾难已经平息了吗？”

“虽然有很多人遭了罪，但是现在已经没什么人讨论了。我先跟你说句实话——世人都健忘，而且不长情。实在是过分得很。基本上只要过个半年，每天就都能在一些地方听到‘今年是什么年来着？’这

② 我虽然在现实生活中不怎么讲冷笑话，不过在小说里写一些倒是很开心。话虽如此，年过三十之后，我突然有了讲冷笑话的冲动，于是有感：果然成了中年人就会开始讲中年人的冷笑话啊（笑）。最近我觉得，讲冷笑话其实并非“想讨人喜欢”，而是出于“希望分享自己的发现”这种心情（笑）。类似启蒙活动，是一种希望把两个词之间相似性的新发现分享给所有人的感觉。所以大家的反应不应该是“真无聊”，而是批判“这个已经有前人发现过了！”

种问话。”

“原来是这样啊。”

“不过仔细想想，说不定你会很受欢迎啊。因为鸡年往往好事多。人类第一次登月是在鸡年，美国宣布返还冲绳岛也是在鸡年，第二次世界大战结束那年好像也是鸡年吧。”

那不就是说，被扔原子弹那年也是鸡年吗？我正要开口，又觉得这是在犟嘴，就没说话。

“日本职业足球应该也是在鸡年开始的。说不定鸡年碰到‘新开始’的可能性比较高啊。”

“其他年份不会这样吗？”

“比如牛（丑）年吧，虽然是日本第一次拿到世界杯出场资格的年份，但是发生了日航飞机坠落、秘鲁大使馆人质事件等大事件。还有那个，职业棒球的读卖巨人队拿到九连冠也是在牛年，太令人痛心了。”

“九连冠是坏事吗？”

“那要看立场。”“猴”前辈淡淡地说，“啊，还有，二〇〇五年既没有奥运会也没有世界杯，可能很适合你这种新手。”

“真的吗？”

“每逢有那种活动，就会有吉祥物推出。那会跟我们干支的设定撞上。”

我不懂“撞上”的意思，只是觉得十分感慨，又十分不安，而且，我还想起了这一年有世界博览会。“在下能胜任吗？”

“其实我啊，觉得你这一年说不定能迎来新的黎明。”

“啊？”

“我有预感，你的鸡年说不定能一‘鸡’驱散世界上凝滞的氛围。”

“您这么说，在下就有点信心了。”在下长出一口气，深深低头向前辈道谢，可是“猴”前辈竟摆起了手：“不不不，这是每年都要说的台词。下回你跟‘犬（戌）’负责人交接的时候，也要这么说，‘我感觉明年说不定能迎来黎明’。这是最近交接中的惯例。”

“那也就是说，不会有黎明啦？”

“那有什么所谓。总之，你就好好干吧。还有，最后要——”

“扫净鸡毛待后人，对吧。”在下抢先道。

“你很懂嘛。”前辈夸奖道。

《漱石之后的百年》《中日新闻》（晚刊）

二〇〇五年一月六日

六十三位人气作家大调查！

二〇〇四年印象最深刻的书：

尼科尔森·贝克的《夹层》（白水 uBooks），还有佐藤哲也的《热带》（文艺春秋），能读到这些书，我感到很幸福。另外，有人推荐我读东直己的《骑手套餐》[①]（发行：柏橹舍，发售：星云社），这本书也特别有趣耐读。

二〇〇四年印象最深刻的事：

由于温室效应，二一〇〇年北极熊可能要灭绝。这条新闻让我非常伤心。[②]（当然我并没有偏爱北极熊的意思。）

二〇〇五年准备创作和发行的作品及结果预测：

---

① 推荐我读《骑手套餐》的人是负责《仙台学》杂志的工作人员。

② 我之前在网上看到了由于温室效应无法觅食，只能自相残杀的北极熊的照片，心里特别难受。短篇《透明色北极熊》就讲述了一个关于北极熊的故事。它们有着雪白美丽的身体和天真无邪的面孔，却会捕食海豹，浑身染血，仿佛在向人们传达生存的不易，让人感慨万千。

我希望能完成《沙漠》这个单行本，仅此而已。虽然不知道什么时候能写完，不过我可以预见，届时写好的东西肯定跟我现在想象中的不一样。

《活字俱乐部》二〇〇五年冬季刊

《冰峰 168 小时》①

实在遗憾，我并没有完全感受到这部电影的乐趣。并不是说它很无聊，或是与我的期待不符，而是它虽然很有趣，但我还是无法欣赏。

宏伟的雪山，山顶上如同白色火焰的云朵，这道风景美丽庄严，登山家的认真表演（与其说是表演，倒不如说是真的登山了）也富有感染力。因此电影开始时，我马上下了定论：这肯定是部杰作。可是过了一会儿，我开始感到异样。

这部电影中有两种人，一种是原型，另一种是演员。因为是以真实故事为蓝本，自然存在原型人物。这部电影的原型人物就是二十年前那两位处在“不切断登山绳，我们两个都得死”这一极端情况下的登山家。另外，就是“演绎二十年前那个场景”的演员。影片还在演员表演的过程中插入了原型的发言，以“表演”和“原型说明”的形

① 当时妻子常看的杂志碰巧来向我约稿，我觉得这种巧合很有意思，就决定接受。那次约稿是请我写约翰尼 · 德普出演的《寻找梦幻岛》或这部《冰峰 168 小时》的影评。那时我还没看《寻找梦幻岛》，就选了后者。虽然评论有点辛辣，不过我写书评和 CD 评论时基本都是以不对自己说谎为原则，那次也决定遵守同样的原则。所以我记得，写这篇影评的时候决心写成故事很有趣，但是也有几点意见的形式。

式展开讲述。

导演可能是刻意选择了这种手法。他可能想主张这不是“基于事实改编的故事”，而是一部“纪录片”。影片确实传达了那种精神，而且并非搭建布景，而是在真实的雪山上拍摄的登山场景也极具临场感，与普通故事片给人的感觉截然不同。正是因为如此，我才想完完全全地沉浸在那个世界里。

当原型出现在画面上，开始讲述“当时我是这种感觉”时，我就感觉两位演员难能可贵的逼真表演（与其说是表演，倒不如说是真的拼了命地想下山）顿时失色成了单纯的故事重现。整部电影不断把我拉回现实，提醒我这个爬行下山的人并非真的登山者，而是个演员。这本来是个非常简单而引人入胜的故事，而且画面也极具魅力，因此更让我感到无比遗憾。

不过在影片最后，乔回到帐篷里说出的那句话却让我大为感动。②那句话并不特别，或许还有点陈腐，不过同时也如此有力而温柔，并且在那种情况下能说出那种话，我觉得特别美好。我认为，如果能尽

② 我已经完全忘了那句话是什么（笑）。好想知道啊。我这个人真是什么都容易忘掉。想到这里，我发现下一篇随笔的开头讲的就是这件事，着实吃了一惊（笑）。

量减少中间穿插的评论，同时保留充满气势的画面和最后那句台词，就更好了。

《〈冰峰 168 小时〉（凯文 · 麦克唐纳导演）影评》，

PREMIERE 二〇〇五年二月号

记忆犹新的短篇小说

《休息时间》井伏鳟二

我这人非常健忘，如果不是尤为特殊的情况，通常不会记得小说梗概，甚至经常想不起来这本书究竟在哪儿读过。

唯独这个短篇，我清楚地记得内容和初读时的感受（相对其他小说而言）。

我在图书馆[①]读到了这个短篇。契机（理所当然地）已经忘了，可能是因为"《山椒鱼》最后那句话是什么来着"这个（依旧是因为记忆不清的）疑问吧。

我在图书馆找到了《井伏鳟二全集》[②]，站在开架区翻看。

目的完成（消除疑惑）后，我正要合上书，却看到了这部名为

① 这是仙台媒体中心的图书馆。

② "鳟二"这个名字会出现在《哦！爸爸》里面。除了"鳟二"，里面的主要登场人物都借用了"（三岛）由纪夫""（河野）多惠子"这些大文豪的名字。

《休息时间》的短篇。我记得应该是这样。虽然不确定我在当时为何想读读看，但是我很喜欢大学生的故事，可能就是因为这个。于是，我就带着“看两眼”的心情读了起来。

结果发现这真的是我喜欢的故事，我便站着一直把它读完了（真糟糕，但我并不后悔）。当然，那是一部在短篇里也显得有点短的作品，并没有花去很长时间，只是我很少站着一口气读完什么文章，所以对当时的情形记忆犹新。

如果要对没读过的人简述这篇短篇小说的内容，应该是下面这种感觉：

休息时间，学生们百无聊赖地待在教室里。此时，学监走了过来，把一个穿着木屐的人带走了，因为穿木屐违反校规。（我不知道学监是什么人，可能相当于监管风纪的人吧。）

其他学生为学监的行为感到愤慨，纷纷开始抱怨和发表感想。

不久之后，违反校规的人回来了，可是大家还是难以压抑激动的心情。不一会儿，他们开始在黑板上（按顺序）写下自己的意见。

有的人写诗，有的人表达愤慨。

那个光景被一丝不苟（因此显得幽默③）地描绘出来。说白了就是这么个故事。

不过，我觉得这样的文字特别有意思。十几岁时，我也曾在听到朋友说话后绞尽脑汁思索：“有没有更好玩儿的话？”“能不能给他来几句俏皮话呢？”那种感觉跟这部小说的严肃和愚蠢有点相似。

学生们并非举手发言，而是面朝黑板默默写下语句，这点最有意思。

妙就妙在最后一个年轻人在黑板上写下了一段无聊而且可笑的文字④，虽然只是一段短短的平假名，但我万万没想到他会在黑板上写下那种话，被打了个措手不及，竟在图书馆里笑喷了。

我读小说经常微微笑，但是很少笑喷，所以对此记忆犹新。（不久前读永井龙男的《电报》的结尾时，我也笑喷了。）不过现在回想起来，那是因为出其不意才好笑，如果读完过后怀着期待重读，恐怕就不太能笑出来了（先打一针预防针再说）。

---

③ 我很喜欢读幽默的小说，或者并不幽默，但是含有某种“令人发笑”要素的小说。我自己写小说的时候，“令人发笑”是非常重要的原则，可以说我满脑子都在琢磨这个（笑）。

④ 神奇的是，我竟然还记得这段话是什么（笑）。我从未遇到过认为“那篇很棒”的人，很希望大家都读读看。

这部小说最后还有一段类似作者意见的文字。例如，“青春就是这种喜剧的集合体”，或是“不要输给学监的臂力和斥责”，都是些难以分辨是说教、激励还是煽动的东西（我至今仍无法完全理解他的意图），这样的唐突在我看来也格外有趣。

总之，我一看就喜欢上了这部小说。《休息时间》的故事就只是这样，不过我觉得，“就只是这样”才是短篇小说的有趣之处。它有一种魅力，让我忍不住想说：“《休息时间》的故事就只是这样，可是特别棒。”

在从图书馆回去的路上，我进了好几家书店。我想把这部小说买回去放在家里。所以我在文库本专区找到了收录这个短篇的短篇集，买了回去。（我的记忆只到这里，至于在哪个书店买的，已经记不得了。）

《短篇小说的精髓》《小说现代》二〇〇五年五月号

何谓青春文学?

“您最喜欢而且受影响最大的‘青春文学’作品是什么？”

中上健次《十九岁的地图》[①]。这部作品是那么暗流汹涌、危机四伏，让人不堪忍受，只要提到青春小说，我首先就会想起它。

岛田庄司《夏天，十九岁的肖像》。这个故事融合了令人痛心的思念、危险的谜团和勇敢的冒险，我看得特别入迷。

引间彻《19分25秒》。我正在等待引间彻的新作。

“您认为‘青春文学’的含义是什么？”

“青春文学讲的应该是一些毫无根据地认为‘我注定是拥有特殊人生’[②]的年轻人的故事吧。”

---

① 我写这篇的时候很想讨巧，就把带“19”的作品凑到了一块儿。好在我特别喜欢的小说里有这么三本。我最先想到了《十九岁的地图》，然后是《夏天，十九岁的肖像》。文中这三部都堪称杰作。

② 这句话是三岛由纪夫小说里的内容。

“您认为‘青春’是什么？”

“应该是毫无根据地认为‘我注定是拥有特殊人生’那段时期吧。”

《五十位作家与名人大调查》《野性时代》二〇〇五年六月号

这是我的电影！除此之外无可描述的光明的未来

《光明的未来》(黑泽清导演)

我很害怕写自己喜欢的电影，因为可能会暴露自己的浅薄，同时被见多识广的人痛斥“你这个外行”(可我就是外行)。所以，我每次都无法说出自己最喜欢的电影。不过，我决定改变。这次来讲讲我真正喜欢的电影吧。我喜欢《光明的未来》。我喜欢导演黑泽清[①]。《复仇》《蛇道》《X圣治》和《大幻影》我都很喜欢，所以去电影院看《光明的未来》时，我心里同时有着期待和不安。后来发现，我完全是杞人忧天。电影开始没多久，我心里就在念叨：快结束吧，快结束啊。并非因为无聊，相反，我认为这是一部杰作(断言它是杰作有点危险，但我顾不上了。我就是要说)。所以，我忍不住希望电影能在这个“杰

①《超凡神树》公映的时候，黑泽导演来仙台参加过一场谈话节目。那天下着大雪，我和妻子去看了，我特别感慨，真是太棒了。他一点都不高傲，而且性格温和。之前也提到过，小偷“黑泽”的姓就来自黑泽导演。缘真是妙不可言，有小偷“黑泽”登场的《华丽人生》的电影版正是由黑泽导演的学生执导，于是我有幸与他做了对谈。实际碰面后，我发现他真的很棒。当时我提到“黑泽”这个人物名的由来时，黑泽导演的反应有点平淡（笑），但

(脚注续下页)

作状态”的持续期间早点结束。

老实说，这部电影里出现的水母的含义，还有“原谅”的主题[2]（应该是吧）对我而言并没有什么意义，我只着迷于年轻的主人公用力挥舞铁棍、投出保龄球、冲上台阶、在桥上倾斜塑料桶，以及藤龙也看着河里的水母高举双手这些场景。我为影片中荡漾着的倦怠感和憋闷感感到紧张不已，在那种奇妙的气氛中呆住了。私以为，电影不是故事梗概，而是影像与声音的“联动体”。与我的担心相悖，这部电影直到最后都精彩纷呈。身穿印有切·格瓦拉图案的T恤的青年懒懒散散地走在路上。这可能没有意义。虽然有种危险的气息，但应该不是在暗喻青年们灰暗的未来。爆轰乐团的曲子响起，影片顿时得到升华，我十分确信，这是小说和漫画绝对无法带来的感动。所以，我不希望别人当着我的面说这部电影的坏话。

CINEMA《纸莎草纸》二〇〇五年八月号

最后他还是说感到很光荣，于是我觉得他真的很和善。

② 重读这篇随笔时，我突然想到，这部电影的“原谅”主题可能与我在《末日的愚者》一书中探讨的“原谅还是不原谅”问题有所关联。

旅鸽种种

这次，我尝试回想自己对《哆啦A梦》的记忆，结果回忆竟一个接一个地冒了出来。那个道具、那个故事……我猛然发现，原来我的小学时代也被《哆啦A梦》，或者说藤子·F.不二雄的作品淹没了。

一开始，我想到了电视刚开始播放这部动画片时（我刚才查了，那好像是第二次制作成动画片），我感到特别兴奋，能在电视上看到《哆啦A梦》啦！还跟比我小一岁的弟弟并肩坐在电视机前，焦急地等待着开播时间的到来。那天只播放了短短十分钟（没记错的话），我们总觉得片头曲刚唱完，一下就没有了。总之，我很不满意在电视上第一次出现的道具竟然是“变大变小隧道”，气得嚷嚷：“为啥是‘变大变小隧道’啊，不是还有更好的吗？”那么，究竟用什么道具才能让我满意呢？老实说，我也不知道。可我就是很生气。

我记得的《哆啦A梦》系列故事有很多很多（比如《狮子假面》这篇漫画里出现的作中作漫画，让我觉得很恐怖。还有让我初识“贿赂”一词的《贿赂棒》），总之，非要我选一个记忆最深刻的故事的话，就是第十七卷《永远的巨鸟莫亚》。这个故事讲述大雄使用时空洞和时光胶把已经灭绝的动物抓到了自己房间里。我可能是通过这篇漫画知道恐鸟和渡渡鸟这些灭绝生物的。

最让人印象深刻的是《旅鸽》。在这篇漫画里，只有一个场景出现了一只旅鸽。我记得当时的想法是，这只鸽子的名字好奇怪啊。总之，旅鸽这种生物就这样深深地印刻在了我的记忆里。

我凭借《奥杜邦的祈祷》这部长篇小说获得了新人奖并出道成为作家。其实这部小说里就讲到了旅鸽，而且它在里面充当了非常重要的角色。原先旅鸽的数量数以亿计，但是后来竟灭绝了。我十分关注这种鸟（几亿变成零，简直太难以置信了[①]），还读了相关书籍，最后写进了小说里。

小说得奖后，我去参加宴会，一位报社记者[②]小心翼翼地走过来

① 大家都觉得旅鸽这么多，自己打下来一点应该没影响，结果就这么把人家给逼上了灭绝之路。这种事情真是太可怕了。

② 这位记者就是后来让我写“干支随笔”的人。当时他问到旅鸽，我特别高兴，万万没想到自己会因为他而每年都要写“干支随笔”，为动物头痛不已（笑）。

（当时书还没有发售，他应该不知道小说内容，只是看了梗概便过来找我谈话），这样问我："伊坂先生，您的作品里提到了旅鸽，请问那跟《哆啦A梦》有关系吗？"

那个瞬间，我猛然回忆起很久很久以前看过的《永远的巨鸟莫亚》，随即发现：对啊，我之所以对旅鸽感兴趣，说不定就是因为那篇漫画啊。于是我回答："啊，没错没错，跟那个有关系。"那位记者闻言特别高兴，微笑着对我说："其实我也很喜欢那篇。"真不可思议，尽管我跟那位记者是初次见面，却感到了莫名的亲近。（虽然两个大人在比较正式的场合谈论《哆啦A梦》有点好笑。）虽然说不上原因，但我现在依旧跟那位记者保持着亲密的关系。

我想了想，如果没有《哆啦A梦》，我可能都不知道旅鸽这种生物的存在。那也就是说，我可能根本不会写有旅鸽登场的小说，也就不会出道成为推理作家了。从这个意义上说，《哆啦A梦》对我来说真是非常重要的漫画。

最后，虽然这种事不需要我专门说出来，不过，为了重读《永远的巨鸟莫亚》，我时隔二十年又看了一遍《哆啦A梦》，并且对其质量之高感到惊叹不已。简单而精练的画风自不消说，各个短篇的创意、意外的发展和结局都幽默而精彩，让我不禁感激：这是多么奢侈的阅读享受啊。

为了将来给孩子读，也为了自己随时能重读，我得赶紧把全套《哆啦A梦》都买齐了。[③]这就是我现在的心情。不过我发现，自己并没有书架可以容纳下整套《哆啦A梦》。哆啦A梦，快给我变个更大的房间和更大的书架呀！

《还要！哆啦A梦》No.2

---

③ 我直到现在都没购入整套《哆啦A梦》。因为全集出了，我本来想买，可是目前正在与家中不断增加的书本做斗争。等我把地方腾出来了，一定立马去买。

2005年

系列作的规矩

一开始，集英社的I君跑到了仙台，接着，K女士也跑到仙台来，还这样对我说："要不要写一本《十诫》这种类型的小说？"

这是基斯洛夫斯基导演的电视剧，讲述了一座公寓的居民们的故事。主人公每次都不一样，一共十集。每集风格各异，既有严肃的人性演绎，也有悬疑和喜剧风格，可谓丰富多彩。这些人住在同一个地方，彼此共享着一部分生活，或是碰撞，或是错过。我（当时）很喜欢这种故事，马上就回答"好啊"，但是也提出了一个请求："那我可以加上天空坠落陨石，世界还有几年就要迎来末日的设定吗？"陨石撞击导致地球毁灭的故事经常可以在电影里看到，不过我想写的不是人们的慌乱，而是在慌乱后渐渐恢复平静，而且人们明确地知道几年以后就要迎来世界末日。我觉得这对我们这些生活平静，不知死期的人来说，是个挺不错的寓言故事。

创作这个系列[①]的时候，我跟I君商定了“标题要押韵[②]”“每个故事都变更主人公和故事氛围”，以及“每个短篇里都融入对‘原谅’的思考”这几条规矩。当时我的作品全都是复仇故事和劫匪故事，探讨了许多“不可原谅的事”和“不被原谅的人”，所以这次决定反过来，写写“末日之前的原谅”。只不过，这虽然是我自己提出的想法，实际也是非常碍手碍脚的枷锁，每篇都让我劳心劳力。我好多次提出“要不这个规矩废掉吧”，可是I君直到最后都没有谅解我。我写的明明是原谅题材啊。

总之，每个短篇都让我很满足，现在可算是松了口气。想必不会再为题目而烦恼了。

《谢幕》《小说昂》二〇〇五年十一月号

① 这个系列作品的作品集就叫《末日愚者》。为了这个系列，我难得地出去取材，拜访了日本东北大学的天文学教授，还有天文台的工作人员。最初，编辑对我说“来写点推理以外的东西吧”，后来我再问，才知道他那句话并没有什么深意，忍不住笑了出来。

② 一开始我考虑像《死神的精确度》那样，用前面那个“末日”来押头韵。比如《末日愚者》《末日阳光》。最后还是定为用后面那个词的片假名来压尾韵了。因为是在写之前就先想好了标题，我把《笼城啤酒》那篇写好交过去时，审稿的I君对我说：“老师，你这篇里面没有啤酒啊。”（笑）

2005年

在魔王呼吸之前[①]

仿佛着了魔一般地创作。这种形容着实可疑，而且在不冷静的状态下写出来的小说也不一定有趣，所以算不上是值得吹嘘的事情。只不过，《魔王》这部作品，我真是着了魔一般地写出来的。

一开始，编辑请我写的是“大约一百页稿纸的故事”。只是当我动起笔来，脑中却涌现了许多“不得不写的场景”。我心想，这下糟糕了，便战战兢兢地边写边找编辑反复确认：“可能会变长。”“不好意思，恐怕要变成两百页了。”“实在对不起，超过两百页了。”“要是我写了将近三百页，你会生气吗？”

在写这个故事之前，我发现自己对作品的满意程度和读者的反应存在落差，为此烦恼了好久，最后决定“想太多也没有用，还是写自己喜欢的东西吧”，还想尝试把以前那些作品受到好评的地方几乎全部避开，

① 此时我万万没想到，《魔王》的故事竟能延续到《摩登时代》。

写一部截然不同的作品出来。比如“结尾巧妙地利用了伏笔”，具有“意外性”，读来“很爽快”，我要是把这些都避开，读者会怎么想呢?

“魔王。”

一开始想到的是标题，这来自“魔王应该很厉害”的想法。总之，这个故事先有了标题，然后我开始想象：是什么样的一个关于魔王的故事?

首先，魔王光靠意念应该就能杀人，于是我想到了一个男人不断杀人的故事，又觉得那太粗糙了，就想编造一个比较特别的能力，经过左思右想，我给主人公赋予了“借他人之口道出自己想法”的能力。

“主人公要与政治家对决。”

这是我接下来的设定。虽然脑中还没有想好一个特定的政治家形象，但我想象出了一个人双眼布满血丝，扑到电视前对着屏幕里的政治家或总统拼命输送意念的光景。那是一个无力而执拗，并且格外平凡的形象。

话虽如此，我对政治和政治家的了解却十分有限。并非毫不关心，只是既没有知识也没有信息，搞不好连基本常识都不具备，因此我很担心自己能否描绘出一个政治家来。

“不如借用墨索里尼的形象吧。”

如此这般，我很快就定下了这点。我的想法很单纯：反正我不懂政治，那么只要让过去实际存在的著名政治家在现代登场就好了。

定下这几点后，各种要素竟不可思议地纷纷涌现出来。法西斯、宫泽贤治、百战天龙、排列西瓜子、死神……这些潜藏在我记忆中的东西一个接一个地冒了出来，我便像平时一样闷头写下了故事。看着这些要素渐渐联系在一起，是一种神奇的体验。最后，舒伯特的《魔王》与这部小说的标题恰好呼应，这感觉就像“拼命向前奔跑，终于冲过终点”。

就这样，《魔王》写成了。这是我写的“自己喜欢的”小说，可是写完之后，我还是非常紧张，不知道它在读者眼中会是什么样子。要是有人说“跟以前一样”，我可能会松一口气。要是有人觉得这是对政治的暗喻，那我肯定会头痛不已。所以，作品在杂志上连载时，我一直提心吊胆。后来看到许多否定的意见和意想不到的好评，还有其他各种各样的反应，我感到特别好奇。（唯一让我惊讶的是，有人说它跟斯蒂芬·金的《死亡地带》很像。我从未看过《死亡地带》，无论小说还是电影，但是听到别人说两者相似，我还是特别失落。既然要写，当然要写谁都没看过的故事，看来这个愿望还是没那么容易实现啊。）

不如写续篇吧。

写完《魔王》后，我很快产生了这个想法。由于《魔王》是个得不到救赎的结局，我很不希望别人说我在“贩卖悲剧”。所以我要写一个安稳太平的故事，以期让《魔王》这部作品变得更为神秘莫测。

“呼吸。”

很快，我就想到了续篇的标题。我在决定写一个与《魔王》完全相反的故事时，就坚定地想：“‘魔王’的反义词不是‘人类’或‘天使’，而是‘呼吸’。”因为“魔王”是一种荒唐无稽的、夸张的、脱离现实的存在，但“呼吸”却极为自然而平凡。

于是，接着我就开始写《呼吸》，当时脑子里想的就是电影导演黑泽清的“复仇”系列和“修罗极道”系列[②]。这两个系列虽然没有明确写出

② 我特别喜欢黑泽导演的“修罗极道”系列。第一部作品充满了正统气息，第二部作品则令人有点难以捉摸。我认为，能动地改变连续作品的风格是一种非常有意思的手法。我则将顺序反了过来，先写出令人难以捉摸的《蚱蜢》，然后创作了较有娱乐感的《瓢虫》。

“上下部”或“第一部、第二部”，但都由两部作品组成。有意思的地方在于，第一部作品都是“比较好懂的娱乐电影”形式，第二部作品讲的则是“一个男人完成复仇后的奇妙日常”。大致来讲就是风格方面存在差异。我并不知道导演自己进行了多少能动的操作，总之觉得应该试试“那个”。既然《魔王》是“直球”，那《呼吸》就应该写成缓慢的“曲球”。

然后，我从一开始就决定“提到宪法修订”。这并不是为了传播知识和消息，而是单纯预感到“不久的将来肯定会发起宪法修订的国民投票”，然后忍不住想，与其“等到那个时候再把事情写进小说，不如趁现在就写出来”。（或许我还觉得“天下武功，唯快不破”吧。）

最后，《魔王》和《呼吸》都成了与政治有关的故事。

有的人对社会和政治都毫不关心，刻意远离这些东西，认为只要自己和周围人开心愉快就好。我对那种人和那样的小说都有种异样感（当然我知道自己的风格可能被归类到其中），所以创作跟政治有关的故事让我感到很满意。

但尽管如此，我还是担心别人把它当成是跟政治有关的表态[③]，因

---

③ 正如我所担心的，作品发表之后，许多人都给出了“偏向政治”的评价。单行本发行时正值小泉首相的邮政民营化改革，有人说我“就是以这件事为原型”，可我写作的时间明明比那件事发生的时间早，所以很不服气。最近还被拿来跟民主党选举获得压倒性胜利的事情放到一起说（笑）。在文库版的解说中，斋藤美奈子女士提到，可能无论哪个时代都会发生类似的事情吧。

此十分烦恼，好几次都驻足不前，甚至删掉写好的部分重新来过。这就是这本书的创作过程。

我一直很喜欢的摇滚乐队总在歌唱对政治和社会的不满，歌词往往陈腐老旧，很多内容都与我的看法不相符。[④]可是，我确实听着听着就会兴奋起来，所以我希望，自己的作品也能带给读者同样的感受。

《书》二〇〇五年十一月号

④ 我听了性手枪乐队（The Sex Pistols）的*Anarchy In The U.K*会很兴奋，但并不会因此而想变成无政府主义者（笑）。听了尾崎丰的曲子，也不会想“偷辆摩托车远行”。我只会为其中蕴含的感情，为其迸发的孤独感和焦躁感产生共鸣。我觉得，既然要写“主人公跟什么人作战”，干脆选个“大敌”更痛快，仅仅因为这个单纯的想法，才会去写“国家”和“社会”。“美国”和“中国”在我心目中就是“外面的大国”，除此以外并没有特殊意义。不过就我个人而言，相比“我们要永远在一起”“天空挂着一道彩虹，我想去彩虹的另一头”这种类型的音乐，我对“吼吼，我们要推翻一切”这样的音乐更有一种幼稚的喜欢（笑）。

我喜欢的书——《足球小将》[①]

要问我小时候喜欢的书，基本就是《调皮三人组》《我们是麦格克侦探团》、江户川乱步的作品，以及《我是国王》等童书。

不过仔细想想，相比那些小说，小学时的我更喜欢的应该是漫画。

我酷爱收集《哆啦A梦》和《21卫门》这些藤子不二雄的作品，还从垃圾站捡回了《阿松》和《天才傻鹏》反复翻看。

还有不得不说的《周刊少年JUMP》，这是我们当时生活中必不可少的东西。说到漫画就不得不提《周刊少年JUMP》，我还毫无根据地坚信这上面有各种有意思的漫画（不过，上到小学高年级，读了大友克洋的《童梦》[②]，这个想法就幻灭了）。

但是，我并非每周都买《周刊少年JUMP》，而是经常找朋友借，甚至跑到垃圾站去捡，断断续续地看着，好像主要只看后面被整合为

① 我对《足球小将》特别着迷。上小学时，我散尽零花钱买了一套《足球小将》。现在可能已经不在老家了，因为上大学搬家时没有搬过来。不过，《大甲子园》我有全套（笑）。当时我最喜欢的人物是岬太郎，第二喜欢的则是号称“玻璃皇牌”的三杉淳。

② 是亲戚家大叔推荐我看的《童梦》，我还自己花钱买了，结果大受打击，竟然还有这样的漫画！

单行本的漫画，包括《筋肉人》《拳王创世纪》《阿拉蕾》《高校奇面组》等。

对于这些作品，我都印象深刻，有着各种回忆，但这次我要细讲的还是《足球小将》。

上小学时，我特别喜欢足球，时刻都在踢足球。我已经不记得自己是看了《足球小将》才喜欢上足球，还是因为喜欢足球所以特别沉迷于这部漫画。但可以肯定的是，这部漫画给我带来了很大影响。

其中最让我难忘的，就是《足球小将》第二卷[③]。

那应该是我找同学借来看的（还是没买），回家前翻开书页，就再也停不下来，边看边走回到了家。现在回想起来，那可能是我有生以来看的头一场足球赛（虽然是漫画）。原来是这样传球的啊，原来守门员很难守住这里的射球啊，原来可以滑铲[④]抢球啊……如此这般，我感觉自己还学了很多足球技术（因为是看漫画学的，其实很多根本做不出来）。

我在坡道和路口都顾不上注意来往车辆，一丝不苟地埋首看漫画，

③ 第五卷有个副标题叫《意外的伏兵》，我不记得具体的情节，只记得当时问过母亲“伏兵”是什么意思（笑）。

④ 滑铲也是我从漫画上学来的招数。当时在校园里实操了一遍，摔得满腿是血。虽然我很喜欢足球，初中却加入了篮球部。我打的主意就是成为篮球部中足球比较强的人。其实我很擅长这种小狡猾（笑）。

兴奋地走到了家。主人公大空翼的球技不仅震惊了观众，也让我大为感动，结果到了后半部分，转学生岬太郎突然登场成为援军，我就更兴奋了。我记得当时大空翼还不是队长，所以跟标题不太相符[1]，可我一点都不在乎。

这部漫画第一卷出现的“倒勾射门”成了伏笔，一直被保留到最后，让我内心发出热烈的欢呼，特别感动。

写了这么多，没看过的人应该很难产生共鸣吧（可能看过的人也很难产生共鸣），真是对不起。

老实说，有的书更让我感动，有的漫画更颠覆我的价值观，当然也有我自己买回来看的作品。只不过，我小时候只有那次是边走边看漫画回到了家，所以这本书对我而言意义非凡。（顺带一提，后来我自己也买了那套书。）

《小时候让我着迷的一本书》《小说宝石》二〇〇五年十一月号

1.《足球小将》的原版标题为《キャプテン翼》，直译就是“队长小翼”。

调查官与孩子们[①]

“您为什么会想到在小说里写家庭裁判所的调查官呢？”

二〇〇四年五月出版《孩子们》的时候，这是我在采访中最常听到的提问。[②]每次我都会说：“其实动机很单纯，我正好有个朋友是家裁的调查官。”我的朋友M君是调查官，这真的就是最初的契机（而且原因真的很单纯）。

我从未正式询问过M君是怎么当上调查官的（我记得他上大四时在图书馆学习，也记得他的休息时间明显比学习时间更长）。总之，毕业后我们不时会见上一面，一次听了M君的话，我不禁感慨：“调查官这个工作真辛苦啊。”而且我喝醉了，还擅自指责道：“那些小孩子觉得自己只要道歉就能得到原谅，彻底把社会看扁了，应该受到严厉惩罚。”结果他听了只是露出苦笑，既没有反驳，也没有生气，尽管他好像还想说点什么。

---

① 在写《孩子们》的时候，一位朋友帮了我很多忙，那就是这篇随笔里提到的M君。是他邀请我写了这篇随笔。我认为这篇随笔应该很少人看过，一定特别宝贵（笑）。

② 写《孩子们》花了我不少力气，总感觉写出来了也会被真正站在一线的人批判“你懂什么”，直到现在我都特别担心。因为这本书的创意就来自我那个当调查官的朋友，我觉得他工作很难做才有感而发，要是反倒引起调查官的不愉快，那就弄巧成拙了。所以我十分在

（脚注续下页）

因此，我很好奇他当时回的那句“不过……”后面究竟是什么内容。

接着，我看了几本家裁调查官写的书，内容特别有意思，让我极为震惊。其中既看不到“热血教师般的热情”，也看不到“看诊医生般的冷淡”，调查官的奋斗经历让我感觉特别新鲜，而且里面并没有“小孩子就是怎么样”的断言，因此我对调查官又多了几分好感。看到调查官左右为难的样子，我内心十分感动，还意识到：“连调查官这样的专家在工作中都会遇到这么多的烦恼，我们这种外行人恐怕更不该妄言是非吧。”

老实说，我觉得“少年未来的路还很长，不应该盲目惩罚他们，而应该思考如何对他们的行为进行矫正”这种想法有点奇怪，反倒认为“如果不让少年得到跟成年人同等的刑罚，那怎么行”。然而，在读过家裁调查官写的书，又听了M君的话后，我感觉“说不定并没有正确答案”，再加上我一直认为“找不到答案的东西应该被写进小说”，于是就决定写调查官的故事了。

在决定写《孩子们》后，我给自己定下了一个要求：不去写“只

意是否有家裁的调查官看了《孩子们》，看完了又有什么感想。我很喜欢书里的阵内君，也一直想写关于作为调查官的他的长篇故事。

要调查官用心投入，少年就会敞开心扉，重新做人”这种肤浅的、被美化过的故事。可是，我又不想写成一个“认真工作却没有回报”的讽刺故事，更不想加入“少年的心一片黑暗”这种虚假的内容。我想在中间找到一个落脚点，写一个幽默欢乐的故事。

创作过程中偶然打开电视机，正好看到政治家在说小孩子都能看透的谎话，还有除了文字游戏什么都不是的借口，这让我突然想到：其实就是因为大人太逊了，小孩子才会瞧不起啊。

我就带着这样的心情写完了故事，再加上其他短篇凑成了一本书。等书真的出来了，我却发现有人把故事理解成：只要认真面对，少年就会回应。还有人完全没有察觉到我想表达的“事情坏就坏在大人太逊了”。这使我不得不反省，我还是没有足够的能力将自己的想法在作品中体现出来啊。

换个话题吧，最近我重读加缪的《异乡人》，产生了一些想法。这部小说常被当作“无理由杀人”的代名词。这次读完我却产生了疑问：“真是这样吗？”③

---

③ 过去我在电视上看过讨论“无理由杀人”的节目。有一位嘉宾断言：“无理由杀人早在加缪的时代就存在，根本不是什么新问题。”我觉得这不太对。加缪之所以描写“无理由杀人”，是因为它足以成为一个具有文学性的主题。换言之，那在当时应该是一种很荒谬的事情。然而到了现在，我们所处的现实中竟发生了那样荒谬的事情，这才值得探讨啊。从那以后，我就对说那句话的人产生了不信任感（笑）。不

（脚注续下页）

《异乡人》的梗概如下："一个名叫莫梭的青年杀了人并被逮捕，最后受到惩罚。"这就是整个故事的情节。（这么说可能会招致误解，总之这是一本梗概无法表达其有趣内涵的作品。）被问到犯罪动机时，莫梭回答不上来，于是回答说"太阳很刺眼"。想必很多人都将其理解成了"青年毫无理由、毫无意义的犯罪"。

但是，我并不觉得"毫无理由"。

故事的开端讲到莫梭的母亲在养老院去世。莫梭明显备受打击，而且他的雇主、邻居等周围的人大都不像什么好人，越是深入想象，我就越觉得莫梭的生活压力很大。

那起案件恐怕并非"毫无理由"，只是"连他本人也说不清理由"。如果案件发生在现在（假设莫梭是少年），并且家裁调查官介入调查，应该不会断言那是"毫无理由的杀人"吧。

当然，就算有理由，我也不认为莫梭应该得到宽大处理（我还是觉得无论是什么过错都要严加惩罚）。这部小说里的检察官说："陪审员先生们，这个人在他母亲死去的第二天，就去游泳，就开始搞不正

过，带着这种想法重读《异乡人》，我反倒觉得里面的主人公杀人其实是有一定理由的。想着想着，正好接到这篇随笔的约稿，我就以"异乡人"为主题写了此文。

当的关系，就去看滑稽影片并开怀大笑。至于别的，我就用不着多说了。”我觉得这个场景非常可怕。

仅看表面的事实，刻意忽视“无法理解”的事情，坚称“这个年轻人行为异常”。这些或许从加缪的时代开始，一直到现在都没有改变。

《家裁调查官研究展望》No.33

我的“杀手锏”

这篇随笔刊登出来的时候，有一本书可能已经在发售了。因为《沙漠》[①]这个单行本将在二〇〇五年十二月出版。

书里写到了超能力、总统和麻将等内容，基本上讲的是刚进入大学的年轻人的生活和冒险经历。

从二〇〇六年春季开始，我准备在地方报纸刊登长篇连载小说。[②]

具体要在哪份报纸上连载，我目前还不清楚。现在暂时定下了《哦！爸爸》这个标题，准备写一个拥有四个父亲的高中生的日常。

如果各位订阅的报纸上出现了这部小说，请赏脸一读。

《这部推理了不起！》二〇〇六年版

---

① 我很喜欢《沙漠》这个单行本的装帧，可是当时评价并不好，这让我备受打击（笑）。

②《华丽人生》出版后不久，一家做报纸连载小说的公司向我约了稿，我问对方：“为什么找我？”那边回答：“是《河北新报》的人推荐的。”跟我相熟的《河北新报》工作人员说“不是我”，所以直到现在我都不知道究竟是谁推荐的（笑）。

父亲对狗的爱[①]

我接到委托，要以狗为题材写一篇随笔，为此烦恼了一会儿。我写的小说里的确经常有狗登场，我自己看到狗狗们坚强又温柔的举动也会忍不住笑起来。我甚至记得经常看到“警察的狗”这种说法，一开始还以为在说警犬，没想到是“谄媚警方的卑鄙小人”之意（通常被用作贬义），顿时气愤地说“请不要把‘狗’用在那种意思上”。由此可见，我是个爱狗之人，然而我从未养过狗，也不了解狗。[②]

因此，实在没什么可写的东西，这让我十分苦恼。随后我突然想起了一个“总会在兜里装一把狗粮的人”，那就是我父亲。

父亲裤兜里总会有一把狗粮。就算他出门不带手帕，也从不忘了带狗粮。他带的狗粮不是黏稠的湿粮，而是像饼干一样的干粮，而且不用袋子或盒子装，就这么揣在兜里。

---

① 大家熟悉的（笑）“干支随笔”第三篇来了。才写到第三年我就已经积攒了不少创作压力（笑）。

② 我跟父亲一样喜欢狗，但从没养过。十几岁的时候我家有只猫，所以我当然也喜欢猫。

装过狗粮的衣服到底由谁来洗、怎么洗？会不会掏钱反倒掏了粒狗粮出来？疑问虽然很多，可他就是要带一把狗粮出门，只要在路上见到狗，就会打声招呼，装腔作势地掏出狗粮。

狗当然会高兴得直摇尾巴，于是父亲也会特别高兴，一边摸狗一边说："哦，你好呀。"在旁人看来他肯定是个可疑人物，甚至对我这个家人来说，他也相当可疑。

父亲并非为了把狗喂饱，而有可能是因为我小时候得到好处也不会喜形于色，于是他就转而向摇尾道谢的狗寻求他未曾体会过的满足感了。

有时他见到被拴着的狗，会摸着狗的头说："你一个狗活着，好坚强啊。"人家哪里是"一个狗活着"，脖子上都有项圈，肯定有人养啊。我虽然这么想，但父亲的话语可能别有深意。嗯，可能也不对。

他还试图给邻居家院子里的狗投食，人家狗屋明明离大门很远，他也要从栅栏外面把狗粮扔进去。那已经不叫投食，应该叫攻击或虐待了吧。我忍不住这样想，父亲却全然不在意。

父亲还说“湿润的狗鼻子是健康的象征”，所以每次见到鼻头干燥的狗都要问：“喂，你还好吧？”随后舔舔手指，把狗鼻子沾湿。我心想，这不是本末倒置吗？可父亲还是全然不在意。上回碰到别人家的孩子，他也往人鼻子上抹口水。③

我已经分不清他是喜欢狗还是什么了。

《中日新闻》（晚刊）二〇〇六年一月六日

③ 当时小孩搞不清楚状况，一脸呆滞。

2006年

活用经验[①]

我不久前搬家了。虽然只是在仙台市内换了个地方，不过搬起来也特别累。屋里堆满了装着书的纸箱，搬到哪儿都不合适，结果还因为这个闪了腰。[②]

原来，闪到腰是会突然痛起来的呢。因为是第一次，我慌了神，急急忙忙地去找药店，弓着身子可怜巴巴地跑进去，追着一个男店员说："救救我！"他倒是相当冷静。

"闪到腰其实就是腰部扭伤，只能冷敷了呀，没别的办法。"

真的吗？我半信半疑地回到家，马上用塑料袋装了一包冰块躺下来敷在腰上。原来如此，他说得真没错，睡一个晚上疼痛就减轻了。

我还记得当时有个预感，将来说不定能在小说里绘声绘色地描写一下闪到腰的场景。[③]

U7 vol.6

---

① 这应该也是几乎没人看过的随笔。当时登在学士会的会报上了。

② 后来直到现在，我都没有再闪过腰了。听说闪到腰的治疗方法还被分成热敷派和冷敷派，我是通过冷敷恢复的，所以想投冷敷一票。在医学上哪个才是正确的呢？

③ 这个还没写，将来一定会写。

近况

十二月，久违的单行本《沙漠》出版了。其实我早在二〇〇四年秋天就已动笔，而创意出现则比那还要早很多，因此小说里加入了当时的两则时事。

第一则是二〇〇二年年末的时事：一个叫乔·斯特鲁默的音乐家去世了。他是碰撞乐队的成员。在此之前，雷蒙斯乐队[①]（Ramones）的主唱乔伊·雷蒙也去世了。他们两个都很年轻，我不禁惊叹："天哪，怎么会这样？！"

我从高中开始听碰撞乐队的音乐，那时他们的音乐就已经很有"朋克古典"的感觉了。当我得知那个消息后，心中一下变得空落落的。"哦，他死了呀……"

第二则时事是关于伊拉克的。

---

① 我之前看了雷蒙斯乐队的纪录片，自从约翰尼·雷蒙抢走了乔伊·雷蒙的女朋友后，他们两人除了工作就不再有任何私人对话。我身为乐迷，得知这件事后深受打击，而且我很吃惊，真的有人能一句私人对话都没有吗？还有一个故事我很喜欢，就是约翰尼·雷蒙回忆他们第一次穿上乐队标志性的摩托车夹克拍照，而且看到照片那个瞬间的场景。"看到那张照片，我就顿悟了：'我们肯定红不了！'"真是太好笑了。

那应该也是二〇〇二年年底，美国大声控诉伊拉克藏有大规模杀伤性武器，还跟联合国闹了起来。事情到底会变成什么样啊？我带着一丝丝不安和恐惧，或者说无责任旁观者的好奇心，关注着新闻。现在说来可能有歧义，不过当时我的心情就是，“反正，不管谁反对，美国都会进攻伊拉克的吧？”

我当然不可能知道正确答案，心里想着：“我只能在这个日本的地方城市发发呆，祈祷一下世界和平和打麻将能平胡了。”

所以，当我开始动笔时，脑子里就有了“朋克摇滚”和“麻将”这两个关键词，因此书中人物一直嚷嚷着“乔·斯特鲁默如何如何”“雷蒙斯如何如何”，并且打麻将异常执着于平胡。

另外，我大学时明明还没接触过社会，却是一副什么都知道的样子，毫无根据地认为“我也能做点什么”。我还挺喜欢那样的自己，于是这个故事就成了“朋克摇滚、麻将和大学生”的故事。如果各位能轻轻松松地读完，感叹一句“真有意思”，那就太好了。

《新刊消息》二〇〇六年二月号

挺好的呀

获得新人奖后，我边上班边写作了一段时间。因为跟我合作的编辑对我说“三年内不能辞掉工作”，我也清楚自己绝对不敢辞职。我能想象单靠版税生活有多难，要是辞掉工作，显然会给在外工作的妻子增加压力。如果事情真的变成那样，我肯定会有强烈的罪恶感，到最后连小说都写不出来。所以，有时候被安排到很繁重而且让人精神压力很大的工作，我也曾想过“好想辞职回家专心写小说”，但每次都告诫自己：“你这不是想专心写小说，只是单纯想逃避。”

然而，我并没有等足三年就辞掉了工作。当时我才出了一本书，比现在还没有名气。

那天，我在上班的巴士上听随身听。望向窗外，正好放到我喜欢的曲子[①]，但不知为何，那天的曲子听起来格外新鲜。我感到自己被旋

---

① 是齐藤和义的《幸福的早餐，无聊的晚餐》。写这篇随笔的时候，编辑问我：“是什么曲子？”我没告诉他（笑）。巧的是，齐藤先生请我作词就是由那位编辑转达的。

律狠狠砸中了脑袋，同时莫名地想起了自己正在写的小说。理由我也说不清楚，就是想到"如果不专心写小说，就写不出胜过这首曲子的作品吧"。现在回想起来，那个想法难免有些傲慢，但那的确就是那一瞬间的想法。公司刚刚结束一个大项目，工作稍微闲下来一些，这也让我有了辞职的动力。因为这样我就可以确信：我不是因为逃避而辞职。

可是，该怎么和妻子说呢？我有点担心她如果说"先忍一段时间看看"，我就会再也坚持不下去。要是她说"那只能由我努力维持家计了"，我也会感到很不好意思，从而收回自己的话。

回到家，我向她坦白："我想辞掉工作，把精力放到写小说上。"

"挺好的呀。"她回答道。她的声音中非但没有敷衍，也丝毫不显沉重，反而十分轻松，因此我印象深刻。

多亏了那个轻松的回应，我终于下定了决心。现在我还不确定那个决断是否正确，不过，当时妻子那句话对我来说是最好的礼物。[②]

《难忘的礼物》*Pontoon* 二〇〇六年二月号

---

② 当时是十二月，第二天我就打电话给公司，向社长表达了辞职的意愿。社长此前已经知道我在写小说，我打电话过去时，他可能觉得我已经能靠写小说维持生计了，就只回了一句"知道了"。其实那时我单靠写小说还吃不饱饭（笑）。那段时间刚开始写《重力小丑》，实际辞职是在第二年的三月。

最适合“有强度的小说”这句话的作品

《阴茎》（津原泰水·双叶文库）

我认为，小说、电影、音乐和漫画都存在着强度。那与大众性和保质期不同，是几十年不变（甚至会越来越强）的力量。由于我书读得少，说不出什么了不起的话，不过谈到“小说的强度”，我却能想到佐藤哲也、佐藤亚纪这对夫妻的一系列作品，还有津原先生的作品[①]，尤其是这部《阴茎》。

书中没有重大案件，但是随着故事的深入，读者会越来越兴奋。明明是阴暗扭曲的故事，读来却有种莫名的亲近感，让人不由自主地被吸引到故事中。

这本书标题是《阴茎》，里面还讲到冷藏库里出现了一具少年的尸

① 不论是《机械芭蕾》，还是收录在小说集*NOVA2*中的《五色之舟》都是很了不起的作品，让人对作者丰富的想象力无比佩服。

体，听到此处肯定有人会提高警惕，认为这是一本官能小说，“就是想火吧？”可是读过便知完全不是这回事。其实截然相反。

小说这种东西，原本或许就是为了描绘危险而扭曲的道德观。而能够稳稳撑起这种世界观，正说明作者笔力之强。我真是太羡慕了。我要将这本书推荐给喜欢我作品的人，或者说，应该推荐给感叹“伊坂幸太郎的书太无聊了，就没有什么厉害的小说吗”的人。[②]

《一册定胜负①》*SPA！* 二〇〇六年三月二十一日号

② 以前有个名人曾经评价：“伊坂幸太郎的作品竟然可以畅销，现代小说已经不行了。”我当时特别认真地想：“世上还有那么多优秀的作家，只看我的作品就说现代文学不行，未免太心急了吧！”

无论打海文三说得对不对，我都忍不住致敬[①]

《我爱过的幽灵》（打海文三·中央公论新社）

单看标题和简单的故事梗概，我只能想到这是一个“跟幽灵交流的故事”“少年与幽灵邂逅和离别的故事”。于是我特别担心，那些“真正会喜欢这部小说的人”会不会因为这个而不拿起它呢？跟打海文三的其他作品一样，这也是个“一个人被扔进残酷而不合理的境遇中拼命活下去”的故事。我读《爱与悔恨的嘉年华》《R之家》[②]时心里就想，这位作者竟然比我大了两轮，简直难以置信。他笔下的对话十分尖锐，也充满了幽默感，而且无比残酷。打海文三总是能看穿事物的本质。他是那么邪恶、那么无情，冷冷地坦言：“其实你再三烦恼的东西，不就是这些吗？”不管他说得对不对，我都忍不住致敬。

① 在评论家池上冬树先生的推荐下，我开始读打海先生的作品。我还为《我爱过的幽灵》写过文库版解说，也收录在这个随笔集中。

② 这部小说后来被改名为《鲁滨孙之家》，收录进了中公文库。

如果是误入异界的故事，结局通常是“平安地回到原来的世界，可喜可贺”，或是“虽然回不到原来的世界，但是也习惯了异界的生活”。我带着这个想法读了下去，却发现这本书无法归入任何一方。最后的场面如此危险，又充满了诱惑。这位作家的奇妙之处真是令人惊叹。

《一册决胜负②》*SPA！* 二〇〇六年三月二十八日号

看似天真却充满想象力和邪恶的可怕故事

《埃德温·马尔豪斯：一名美国作家的生与死》

（史蒂文·米尔豪瑟著，岸本佐知子译，白水社出版）

我碰巧读到一篇推荐这部作品的文章[①]，就产生了好奇心。后来，我带着正好再版的这部作品与妻子外出旅行。我们去了一个温泉度假区，在休息室等妻子出来的时候，我就捧着这本书一直看。[②]好几天都是如此。周围全是当地人，有人拿坐垫当枕头睡午觉，也有人自己带饭团来吃。而我则坐在那些人中间痴迷地看着书，仿佛身处遥远的小宇宙。

简单粗暴地做个内容介绍，就是“少年写了少年的传记”。[③]我本来（有点）担心它会“充满孩子气的想法和令人会心一笑的文字，是

① 我出道前就经常追的博客里有一篇热情推荐这部作品的文章。

② 妻子泡澡很花时间，所以等她的时候我一直在读这本书。

③ 虽不是直接的契机，不过，我在《王者》中尝试传记的写法，或许跟这本书有点关系。

对传记小说的戏仿”，结果却并非如此。书写者（写传记的少年）留下了这样一段文字：“其实就是这样——埃德温，如果没有我，你是否还会存在呢？”从文字中也能看出，这是一部充满了想象力和邪恶的，（其实）很可怕的故事。小说中描绘了埃德温（传记中的少年）创作的动画片，那种“用小说来表现动画片内容”的描写让我感到眩晕不已。直到现在，我都沉浸在那种备受打击的感觉中。

《一册决胜负③》*SPA！* 二〇〇六年四月四日号

要对警察和国家信任到什么程度？这起事件的经过让我毛骨悚然

《栃木凌迟杀人事件——诱发杀害决意的警方怠慢与企业自保》[①]

（黑木昭雄·新风舍文库）

不久前有人对我说："你小说里的主人公都不爱找警察，这让我很难接受。怎么说呢，自作自受？缺乏现实感？"那人还说："我们社会可是法治社会啊。"我这人很单纯，当时就只是想："原来如此，是啊。"后来出于偶然，我读了这本书，顿时感到毛骨悚然。我读《桶川跟踪狂杀人案》和《国家的陷阱》时也有这种感觉，这类书一直让我十分恐惧，并且感到烦恼：我该对警察和国家信任到什么程度？我这人太单纯了。

我虽然通过新闻了解了这起事件的大致内容，可是在读这本书的

① 读了这本书，我感觉警察其实也不完美。以前看到性骚扰的冤案，有人说，"要是真的无辜，怎么可能招供"。后来我想，其实的确存在一个人明明是无辜的，却不得不承认罪名的情况啊。

过程中，我数次疑惑："这真的会在现实中发生吗？"父母察觉到儿子的危险处境，找过十几次警察。可是他们的儿子到最后还是被一群认为"痛的不是我"的男人杀害了。他被折磨到死的过程实在令人痛心。太可怕了。虽然父母已经警觉地意识到了这件事的危险性，警方却迟迟没有行动。他们不行动的理由也令人震惊。我觉得不可能所有警察都这么想，也不知道书中内容究竟有几分真实。总之，想来实在令人恐惧。

《一册决胜负④》*SPA！* 二〇〇六年四月十一日号

读完这部漫画，我有种无法分类到喜怒哀乐中的奇怪感觉

《辉一！！》[1]（新井英树·小学馆）

现在说可能没什么用，但我还是要说，新井英树真是太厉害了。第一次读《世界是我的》[2]时，我不禁疑惑："为什么没有小说家来写这个？"（仿佛事不关己）最后虽然有点可惜，不过我还是特别感慨，因为我追求的"文学"竟以漫画的形式出现在了我面前。后来，*SUGAR* 剧情推进速度之快，以及让人几乎很难感觉到意义的台词令我震撼不已，而这本《辉一！！》的故事发展之出人意料更是让我惊愕。

要说明这本漫画的梗概很困难，因为我自己都不知道梗概。如果说这是一个关于双亲被随机杀人狂杀害的少年辉一的成长故事，未免过于片面。如果说少年辉一不断动摇着大人们的思想，好像也不太对。

---

① 二〇一〇年，新井英树又出了《辉一 VS》一书，这本书讲述了辉一长大后的故事，同样充满了吸引力，特别精彩。

② 我不禁想象，这部漫画出版后，无论是纯文学还是娱乐小说家都会恨得牙痒痒。如果新井先生出生在没有漫画这种表现手法的时代，他或许会成为一位纯文学作家吧。

不过，这部漫画读起来，人会心跳加速，不自觉地沉迷进去，跟随故事情节的发展时而兴奋，时而愤怒，时而恐惧。至少在我看来，有种无法分类到喜怒哀乐中的奇怪感觉。

如果这部漫画特别畅销，我会感觉不太对劲，要不干脆让初高中的学生在课堂上统一阅读新井英树的漫画好了。

《一册决胜负⑤》*SPA！* 二〇〇六年四月十八日号

我想给那部作品加一套“架空音轨”

据说这是摇滚特辑，但我并不知道摇滚的定义，也无法解释摇滚和朋克的区别。对我来说，摇滚和流行乐的区别就像纯文学与大众娱乐文学的区别一样，无法用理论来解释。所以，我姑且把这篇文章里的所有文字定义为摇滚风格。[①]

然后。

有人问我写小说的时候听不听音乐。我基本不听。[②]因为听音乐写不出来。但是有例外，迄今为止我听着音乐写出来的小说只有两部。一部是刊登在《绘空》杂志上的中篇小说《魔王》，另一部是刊登在《绘空》杂志上的短篇小说《齿轮》。这两部都刊登在同一本杂志上，这是巧合。不，可能不是巧合，但我对这个也无法解释。

然后。

---

① 因为是摇滚特辑，我就用了比较摇滚的文风。虽然都写完了，但我还是要坦白，其实我更喜欢正统风格，不太喜欢这样的东西（笑）。

② 写小说和看小说的时候，我都不听音乐，但是正如文中所说，《魔王》和《齿轮》都属于例外，是听着音乐写出来的。

写《魔王》时，我一直在听 Sambomaster 的首张专辑。理由不清楚，可能就是觉得写这个故事时的紧迫感和那个乐队给人的痛切感莫名合拍。那是一种让人想俯身向前冲的感觉，于是我写个不停。写《齿轮》时，我一直在听鼓击乐队（The Strokes）和 MO'SOME TONEBENDER 的新歌。理由同样不清楚，不过现在回想起来，可能是创作这个故事时我一直担心："写这种乱七八糟的东西真的好吗？"但是听到他们"假装正统摇滚，实则非常前卫，虽然前卫但依旧属于王道摇滚"的曲子，我就能得到鼓舞，虽然最后写好的故事还是这么乱七八糟的。

虽说我在写小说的过程中不听音乐，但是经常会将写好的小说与某段音乐相对应。③那跟电影的主题曲和音轨不太一样。因为电影和小说是两种截然不同的表现形式，所以小说不需要音轨。或许，我经常思考的是跟小说内容能够形成呼应的音乐。

如果是三月发售的《末日愚者》，不做深思的话，可能会觉得它跟 Thee Michelle Gun Elephant 的《世界末日》比较搭，可是这样太没意

③ 例如我会将《再见，黑鸟》的结尾与 UNICORN 乐队的《最后的日子》相对应。《重力小丑》的结尾应该与鼓击乐队的《摩登年代》很搭。想象这种事情会让我格外愉快。

思了。

然后。

我突然想到了 Analogfish 的《世界是幻觉》。

这应该算情歌吧，但是对我来说都无所谓。在低颤音的部分，歌手高唱“世界是幻觉”。我不知道这是不是反话，但总觉得越是高呼“幻觉”，就越让人感觉“这根本不是幻觉”。让人想伸出手去抓住虚空，或是握紧拳头。让人情不自禁地想紧紧握住，想抓住那个几乎要变成幻觉的世界。我的这部小说讲述了一个陨石即将撞击地球的世界。然而，世界并不是幻觉。

Analogfish 的《黄昏》应该也很搭。这首歌不断重复着“时至黄昏”的唱词，十分令人烦躁。但听着听着，我就着迷了。曲终之处唱到了“汽车、电车、超市、公寓、邮箱、少年、汤匙、叉子和胡萝卜大厦”，整首歌渐渐染上橙红的色彩。那个光景，和我在书中描写的红蜻蜓飞翔的光景交相呼应。夕阳如此美丽，感觉并不坏。

另外，同一个乐队的《夜骑士 2》也很搭。骑着摩托车驰骋在夜晚的道路上，那是一个多么孤独或者说优雅的场景。“夜之城已经死去”“为了活着踩下油门”“世界尚未终结”，响彻深夜道路的歌声仿佛在我面前扩散开来。就算陨石落下，我只有孤身一人，世界也不会终结。就是这种感觉。

《新世纪的摇滚》《小说昴》二〇〇六年六月号

《镰仓物语》里的异界日常

二十年。当我回过神来时，着实吃了一惊。上初中[①]时，同学向我推荐了西岸良平的漫画，从我第一次买下他的作品到现在，已经过去了将近二十年。我已经不记得最先读的是《蜃气郎》《魔术师》还是《地球最后一天》了，总之肯定是三者之一，并且被那个世界深深吸引了进去。他的漫画画风温暖而可爱，却描绘了一个令人毛骨悚然的世界，很多故事都让人回味无穷，深深感叹：这到底是什么啊！从那以后，我开始追西岸先生的漫画，就这么过了二十年。现在，我手上可能有他的绝大部分作品（我不确定《蒲公英之诗》有没有集齐）。

如果要我发表个人感想，我认为“怀旧”这个词并不能用来形容西岸良平的作品。（如果完全没有人用这个词来形容，那真是对不住了。）他虽然描绘的是往日的光景，里面却充满了奇妙而独特的东西，

① 初中时我通常是自己寻找有意思的漫画，极少有别人推荐的让我感觉好看的漫画。当时我碰巧听到两个算不上关系特别好的同学谈到西岸先生，因为从未听说叫这个名字的漫画家，就问了一句：“那是谁啊？”结果我买他的漫画回来一看，正是我喜欢的类型，因此特别高兴。难得的是，我们一家人都爱看西岸先生的漫画。

都是闻所未闻的故事，这让他的作品显得无比前卫。《黄昏之诗》相对比较正统和低调，《魔术师》《赫帕戈斯的海》等早期作品则明显带有实验风格。

我感觉，《镰仓物语》是完美地平衡了正统与前卫的作品，安心感和实验性得以和平共处。

一色老师时刻都惦记着截稿日，他戴着发网，很擅长剑道，也特别喜欢做模型，有着稍微有点难以启齿的过去。亚纪子小姐总是被误认为小孩，常常因此而生气，还若无其事地踏入魔物的世界。那是一个安定的、让人放松的世界。

与此同时，故事里也有许多事件和危险。可能会掉脑袋，可能会被打破头，也可能会变成一副白骨。这种落差给人十足的新鲜感。魔物有好有坏，有时还能见识到意想不到的诡计和解密方式。（人坐在乌龟背上从海面冒出来的场景令我愕然，凶手没有留下足迹的真相也令我惊讶不已。）但是，无论发生多么奇妙的事情，出现多么怪异的魔物，最后都会被归结为："毕竟，这里是镰仓啊。"如果换作平时，读者可能要生气，但是唯独这部漫画，人们会毫无障碍地接纳这个结论："是啊，真不愧是镰仓啊。"其实我几年前才真正踏足了镰仓，当时都已经一把年纪了，还是忍不住想："啊，这里真的好像会有魔物出没啊。"

顺带一提，写这篇随笔时我突然想，西岸良平先生可能二十年后还在优哉游哉地画这部漫画吧？当然，我一定也还在读他的漫画。于是，镰仓就一直会有魔物出没。

《达·芬奇》二〇〇六年七月号

2006年

这就是我的青春文学：大江健三郎《喊声》[①]

快二十岁的时候，一天我碰巧拿起了一本文库本，看到开篇有一句话："总之，此前那二十年的生涯没有发生过任何事情，这便是我所谓的个性。"读到那句话的瞬间，我顿时产生了不知是共鸣还是悲伤的感慨：啊，我也一样啊，我也没遇到过任何特别的事情啊。

我并没有可以称作青春的记忆和感受，可能因为我十几岁的年华十分平凡。但虽说如此，当时的我并没有因此而感到失望，也没有因此而陷入自嘲。我想，在我的内心深处，始终相信着三岛由纪夫说的，总有一个只属于自己的人生等在前方。

小说主人公虽然从未有过特别的经历，但是接下来就会被卷入危机重重的奇妙生活中。我读它的时候，或许把它当成了自己的冒险故事。

《野性时代》二〇〇六年九月号

---

① 怎么又是《喊声》啊（笑）。按理说每次应该举出不同的作品，但是我不想撒谎，所以还是要写《喊声》这本让我备受冲击的作品。当时万万没想到后来竟会做随笔集，所以满以为不会露出马脚（笑）。

特别料理

我从学生时代就开始自己做饭[①]，时常被人误会“你很会做饭吧”。太抬举我了。我既没有相关知识也没有技巧，更别提自己的菜谱了。上学时，做饭要么是“切点蔬菜，切点肉，扔进锅里一锅熟，撒点胡椒和盐调味大概就可以了”，要么就是“切点蔬菜，切点肉，用锅炒一炒，撒点胡椒和盐调味大概就可以了”，别无任何讲究。

一次，我在市内的信息阅览中心接触到了触控式的“料理菜谱”，在里面找到了“酸奶的制作方法”，认真地看了起来。后来在“请准备以下物品”的列表中看到了“酸奶机”[②]，于是当场放弃。从名称来推测，有了酸奶机肯定能做出酸奶啊，那还要菜谱做什么？从那以后，我就不再相信菜谱了。

只不过有一回，我突然很想吃奶汁焗菜。现在已经忘记理由了，

---

① 独居时，我尝试做过自己喜欢的炸猪排和炸鸡块，然而并不顺利，经常会炸焦。尽管如此，我还是吃下去了。有时候穷得买不起食材，我也用“廉价饭菜榜”上有名的“黄油盖饭”填过肚子。不过，目前为止最简单的下饭菜，恐怕就是音乐了（笑）。当一个菜都没有的时候，我会大声播放自己喜欢的音乐，边听边扒拉白饭（笑）。

② 当时我正和妻子边看菜谱边记牛奶和砂糖分别要放多少，结果翻到下面看到了“酸奶

（脚注续下页）

总之我冒出了"我要做焗菜"的想法。然而我并不知道怎么做。若当时互联网已经普及，尚能上网检索一番，只是并没有。

那我是怎么做的呢？答案很简单。我在超市买了奶汁焗菜酱，按照包装袋上写的做法做了。虽说那是半成品食材，我还是仔细研读了烹调方法，做完还撒了奶酪粉。

或许有人会产生疑问："这有什么特别的？"先别急，特别的在后面。

微波炉响了，我满怀期待地看进去，惊叹它真的成了一碗酷似焗菜的东西，于是急吼吼地拿起来，准备把它带回房间。

没错，我就这么空手伸进去拿了。

包装盒上没有写装焗菜的盘子能烫死人。（就算写了我也没看到。）指尖传来惊人的热感，我暗道不好，瞬间权衡了是该保焗菜还是保手指。

紧接着，我把盘子用力甩掉了。啪的一声，焗菜溅出一大片，满地都是白色的奶汁。我忙着给手指降温，独自呆站在一片狼藉中，半

机"三个字，心想，我们要是有酸奶机还用看你这个食谱吗？顿时彻底没了动力。

晌无言。过了一会儿，我把盘里剩下的焗菜热了热，也顾不上尝味道便匆匆扒拉完，开始擦地板。[3]这就是我印象特别深的一顿饭。

《记忆深刻的一顿手制料理》《小说昂》二〇〇六年十一月号

③ 当时烫伤并不严重，只是擦地时心情特别悲伤。

2006年

我的“杀手锏”

二〇〇七年一月，新潮社将发售《一首朋克救地球》。

这本书收录了四则故事，其中有我出道不久时写的短篇，也有今年写的中篇，我都很喜欢，所以希望各位读一读。

我从去年开始就跟编辑商量：“我想写一本和好莱坞电影一样套路化的娱乐小说。”现在暂将其命名为《金色梦乡》，已经动笔了。①我的目标是俗套的娱乐小说，目前暂时不知它最后会变成什么样。

另外，可能春天会在周刊杂志上开连载。②如果能实现，这将是一个在不同领域的全新挑战。希望我能加油写。

《这部推理了不起！》二〇〇七年版

① 在报纸上连载完《哦！爸爸》后，我休了成为全职小说家以来的第一个长假。一整个月，什么事都不干。就读读小说，还看了不少电影。不过那个月真的过得飞快呢。在那之后我就开始写《金色梦乡》了。

② 指的是我在《周刊 morning》上连载的《摩登时代》。为了连载不断，我必须得保证有两个月的文章存货。

猪作家[①]

一个跟我关系不错的记者问："你能用干支中的'亥'为题材写一篇随笔吗？"

我当即回答："可以。"亥是我的干支，今年就是我的本命年，肯定有很多东西可写。然而，等我拿出稿纸摆好了，却一个字都写不出来。我姑且写下了"今年是本命年"，但是文字戛然而止。这恐怕不行吧。

于是，我去了动物园。[②]我天真地认为，跟家人一起看看真正的野猪，说不定就能写点有意思的东西出来。说不定还能看到像小熊猫一样后足直立的野猪。[③]那不就可以用来作为随笔素材了吗？

然而，它们都在睡觉。两头日本野猪瘫在笼子里，睡得可香了。它们比我想象中的要大，看起来魄力十足，但是仅此而已。"野猪睡

---

① 到这个时候，我甚至感觉自己过年都在忙着寻找"干支随笔"的灵感了（笑）。就算写完了，还要发愁明年该怎么办，真是伤脑筋。

② 我觉得去动物园应该能找到灵感，结果什么都没有，太气人了。

③ 当时这个新闻引起过热议。后来我得知小熊猫后足直立其实很正常，于是不禁想，新闻真是不可思议啊。

觉”，写下来也只有四个字。实在没办法，我便跟妻子在笼子前守了一会儿，期待里面能发生点什么事情，顺便拍了几张照片打发时间。如此一来，其他游客好像误以为“那边似乎有很罕见的动物”，都被我们吸引过来了。游客们心中充满期待，来到笼子前，看到熟睡的野猪，纷纷呢喃，“是野猪啊”，然后带着略显呆滞的表情离去。甚至没有人发现“这是今年的生肖啊”。让别人白高兴一场的感觉令我很苦闷，而且坐立难安。

我垂头丧气地离开了动物园，回家路上走过一家肉店，看见门口贴着“本店出售野猪肉”的纸，顿时兴奋起来。[④]如果在这里买野猪肉，说不定能遇到有意思的事情。不，必须遇到。

走进店里，我问了一句：“请问有野猪肉吗？”店主回答：“有啊，您要煮火锅还是烤肉？”我内心感慨，还有这样的分类吗？同时反问：“哪种更好？”店主微笑着说：“现在这个时节比较适合煮火锅。”这人真周到。我回答：“那请给我煮火锅的肉吧。”随即接过肉交了钱，如获至宝地抱回了家。

---

④ 我当时想：没错！就是野猪肉！这里必然会发生点什么，就走进了肉店，结果真的发生了点什么。当时写这篇随笔有种冲刺后最终赶上截稿日的侥幸。

傍晚，妻子开始准备火锅，把肉拿出来一看，竟然笑出了声。这是怎么回事？我凑过去一看，发现野猪肉的包装上贴着标签：火锅&烤肉用。

我一时哑然。我跟店主的交谈究竟意义何在？同时我又想，野猪真是深不可测。事情就是这样。

到了晚上，我开始后悔不该轻易接什么随笔的约稿。没想到猪的话题如此难聊。后来我尝试翻开《大辞林》，发现了“猪武者”这个单词。“做事欠考虑，没有远见，莽撞、短视的武士，或类似这样的人。”于是我暗骂：“你这个猪作家。”

《中日新闻》（晚刊）二〇〇七年一月六日

过年看电影吧

《美国丽人》(1999年，美国，萨姆·门德斯[①])

看这部电影就像在看一个结构缜密的寓言故事。里面有我喜欢的索拉·伯奇登场，还有迷人又哀愁的克里斯·库珀。过年看这种家庭破碎的故事可能有点不合适，但我觉得这部电影里荡漾着一股幸福感，看完之后十分畅快。至少我是这样想的。

《毁灭之路》(2002年，美国，萨姆·门德斯)

这部电影讲述的是一个充满紧张感的美丽寓言故事。汤姆·汉克斯的表演自然很好，裘德·洛饰演的杀手也让人越看越厌恶，无法移开目光。过年看这种凶残的电影可能有点不合适，不过看完会感觉，所谓精彩的娱乐电影指的就是它吧。总之，我是这样想的。

---

① 写这篇时我想要加点创意，于是就列了同一位导演的作品。萨姆·门德斯当时只拍了这三部电影，而且每部都是杰作。连续变换类型、风格，却总能拍出杰作，真是位了不起的导演。后来他拍的《革命之路》虽然也很好看，但里面夫妻吵架的场景实在太真实了，就像我和妻子吵架的样子被偷窥了一样，看得我有点难受。演女主角的凯特·温斯莱特曾经就是萨姆·门德斯的老婆，所以我猜他们过去说不定也是那么吵架的（笑）。

《锅盖头》(2005 年，美国，萨姆 · 门德斯)

这部电影会让人感觉，就算是战争题材的电影，也能够成为一个讲述寓言故事的电影。过年看这种战争电影可能不太必要，要么干脆把标题改成《看三部萨姆 · 门德斯的电影》，然后再好好感慨一下“这个人真是深不可测啊”好了。当然，这只是我的想法。

《周刊文春》二〇〇七年一月四日、十一日合刊

2007年

同时歌唱身边事与广阔世界的稀有乐队

吉他手和贝斯手各自作曲，各自演唱。既有可爱的流行曲调，也有让人想哼着歌蹦蹦跳跳的曲子。具备扎实的演奏功力和前卫的要素，曲子不仅好听，还有深度。关键在于，不会让听众腻味。

写成这样，可能会让人联想到某个名字跟甲虫有关的摇滚乐队，其实 Analogfish[①] 也有同样的特质。拿昆虫跟鱼类比较可能有点不妥，不过两者的确有点相似。一个能飞，一个会游，虽然存在着这样的不同，但是仍有相似点。

Analogfish 歌曲的曲名构成了一个个不可思议的小“宇宙”。“没有多少重要的东西”“我到底想要什么”“那阵风朝我们吹来，我们依旧无法动弹”，从歌词中也能感受到一种难以分辨是乐观还是悲观，是激励还是慨叹，也不知是否在煽动的感觉。虽说如此，它却不会故作深

---

① 我有一天到店里买别的 CD，发现架上插着一张专辑，那就是这支乐队的同名首张专辑 *Analogfish*。虽然我是头一次看见这样的乐队名，不过觉得这是个挺酷的名字，每首歌曲的曲名也很不错。由于无法试听，便抱着赌博的心情买了下来。拿回家一听，发现里面的歌曲不是那种能够让人轻松融入的曲子，一开始我还以为自己赌输了，不过听着听着就觉得那种错落感越听越带劲，无论听多少遍都不会腻。我心想，哎哟，这很不错啊，从此就

（脚注续下页）

奥，让人觉得晦涩难懂，反而能让听众的身心都产生深深的共鸣。

在这些曲子里总能听到“城”和“city”，同时也不乏“世界”和“world”这些词。所以，听着听着就会感觉，在城镇中如同蜘蛛网般的公寓和自己居住之地的延长线上，确实存在着“世界”。会有一种“没错没错，这片土地的前方与世界接壤”的感觉。

我们需要歌唱身边的爱情和悲欢的音乐家，也需要能够创造神秘梦幻的世界的乐队。只不过，世上却鲜有摇滚乐队能够同时描绘出“现实的生活”和“广阔的世界”，以及它们各自的无奈与可笑。所以，Analogfish才难能可贵。

这张新专辑不仅延续了他们既有的魅力，还在此基础上实现了“进化”。无论在什么领域，“不与任何人相似”绝对是强有力的武器。可是Analogfish绝不特立独行，始终没有丢下流行属性，并且在试图贯彻下去。然后，我们只须祈祷它不要像跟甲虫有关的乐队那样经历解散或遭到枪击[1]就好了。

总之，曾经遇到过挫折，或是眼看着就要遭遇挫败的大叔们（那

喜欢上了。上初中的时候，有一次我犹豫了整整半年，最后赌输了（笑）。另外我还记得，GASTUNK的专辑也是赌运气买回来的。对初中生来说，三千日元可是一笔巨款，所以赌起来特别有紧张感（笑）。

就是我啊），请马上去听专辑里的《摩天楼》，哼着歌儿，握紧双拳，奋起吧。

《*Rock is Harmony*，Analogfish CD 评语》*Invitation*

二〇〇七年一月号

1. 指 1980 年 12 月 8 日，英国著名摇滚乐队披头士的成员约翰·列侬在纽约自己的寓所前被一名据称患有精神病的美国狂热男性歌迷马克·查普曼枪杀一事。

六十三位人气作家大调查！

二〇〇六年印象最深刻的书：

花泽健吾[1]的《敏行快跑》。无论怎么想，它都是“二十一世纪版的《从宫本到你》”，包含这个原因在内，我觉得作品非常精彩。去年最让我激动的就是它了。

小川胜己的《夏娃之夜》。特别期待小川先生的新书。

二〇〇六年印象最深刻的事：

电脑坏了两次，事态可谓非常严重。[2]

不知为何，我突然很害怕看新闻，因此不太清楚最近的社会形势。这挺糟糕的。

---

① 我做梦都没想到，后来能在《摩登时代》跟花泽先生共事。

② 当时《哦！爸爸》一整个月的连载存稿不见了。我甚至把硬盘寄到国外去，好不容易请人复原了，然而花了一大笔钱也只是把原来就有的东西找了回来，并没有让那些内容变得更有趣，因此感觉挺亏的。

二〇〇七年的计划：

我应该会有各种计划，总之呢，《家鸭与野鸭的投币式寄物柜》电影版将在初夏的东京上映。除却原作是我的书这一点，这部电影拍得很不错。我已经看了好几遍都没有腻。要是有机会，请一定去看一看。

《活字俱乐部》二〇〇七年冬季刊

佐藤哲也《从泥泞中来》解说①

佐藤哲也的小说读起来为何如此有趣呢？里面充满了小说独有的趣味，还一点都不强迫人去接受。

小说独有的趣味是什么？我也回答不上来。不过我个人认为，当小说转化为影像时，其中失落的部分里可能就包括了小说的趣味。比如这次的短篇集《从泥泞中来》，翻开被拿来给整部短篇集命名的那篇，一上来就是：

这是一个关于奇迹的故事。

哦，这是关于奇迹的故事啊，那可真厉害。我心里想着，继续往下翻，大海翻起滔天巨浪，大地变得一片泥泞。小说只用四行文字就

① 解说里已经把想说的话都说尽了，所以这里也没什么好说的。硬要说的话，原本我会拒掉所有文库本的解说约稿，但是有几本书是我一直想写解说的作品。首先是打海文三先生的《爱与悔恨的嘉年华》或《我爱过的幽灵》。幸运的是，我真的有机会写了后者的文库本解说，这篇也被收录在此随笔集中。然后是佐藤哲也先生的作品。这次的《从泥泞中来》的解说便是如此。我并没有四处张扬说“我想写”，因此，得到约稿时，我心里特别高兴。

（脚注续下页）

制造了这么一个环境，让我感觉里面真的会发生奇迹。我正若无其事地想着：哦，原来整个世界都湿透了呀，太可怕了。突然——

没错，就在那一夜。

这句话映入眼帘，让我吃了一惊。我感觉自己也被指定为当事人之一，突然被召唤进了那个虚构的世界，不由得毛骨悚然。

作者并没有做什么令人难以理解的事情，却能给人一种影像绝对无法表达的刺激感。

至少我是这么想的。

几行后，又出现了这么一句话：

妻子把我推醒，给予我速速归来的约定，匆忙换起了衣服。

既不是告诉“我”马上就能回来，也不是答应“我”马上就能回

另外还有一个国外的系列小说，我也一直想写解说。

来，而是“给予我速速归来的约定”，仅仅是对措辞的选择，就让人感觉到里面的诡异气氛，这该不是我想多了吧？如果把作品改编成影像，这应该也属于会失落的部分。

佐藤哲也对措辞的处理极为精妙。他会避开晦涩的言辞，挑选简单而有力的话语，淡淡地编织成文。他并不会使用那种独善其身的、令人羞愧的实验风格，也没有在行文中加入任何奇诡之处，但往往就能酝酿出幽默的氛围。抛开故事内容，我认为这样的文字读起来就格外有趣。

如果我这样写，或许会有人误会，觉得故事内容应该不太有趣。事实全然相反，佐藤哲也笔下故事也充满了令人震惊的奇异之处。

这个短篇集里有世界变成一片泥泞，妻子成为救世主的故事，也有妻子变成蜥蜴的故事，脚上长着吸盘的河马的故事，还有有关巨人的故事。而且那个巨人并不采取具体的什么行动，不去破坏城镇，而是支着下巴眺望大海。这样的故事，还能在别处找到吗？

这些不可思议的故事都没有停留在表面的奇幻感上，反倒像自身所在的现实社会的延长，读起来让人倍感亲近。为什么能做到这点，我自然也不甚明了。可能是因为故事背景的描写虽然缥缈却不失仔细，能够把读者一点点引入其中吧。

顺带一提，佐藤哲也的小说有时被说“奇幻”，有时被归为“科幻”，就算有人说它“惊悚”，我也不会惊讶。我不知道《从泥泞中来》的腰封上会印什么样的文字，只不过我个人认为，优秀的虚构故事必须描绘一个谁都没看见过的世界。因此，只能说佐藤哲也的小说是优秀的小说。

对了，美术评论家坂崎乙郎先生在《绘画是什么》②这本书里写到过这样一段话：“画家跟小说家都是在这个现实世界的外围或是彼岸构筑小小宇宙的人。那些小小的宇宙可以感化一部分人。我认为，拥有这种才能的人，便是画家或者小说家。”

我每次读到这段话，都会感叹，原来小说家是凭借自己的想象力创造小“宇宙”的人啊，我也希望是这样的。（暂且把自己的小说家身

② 我在第一篇随笔（《受到一些影片和文章的影响，才有了现在的我》）里也谈及了《绘画是什么》，这本书对我真的很有影响。我打字的时候不小心输入成了《干支是什么》[1]，心里咯噔了一下。

份放在一边。）而且，在那些小“宇宙”里绝不存在独善其身，一切都与外围的人们共存共享。

这还是让我想起了佐藤哲也的作品。

佐藤哲也孕育的小“宇宙”明明是人们从未见过的景象，却让人感到莫名亲切，绝不会出现让读者感觉和自己无关的荒唐事。（偶尔也会觉得那些故事好像曾经在哪里看到过。即便如此，他也都会在所参考的故事原型的基础上，融入更多的乐趣。）

可怕的蚱蜢登场的故事，还有性器官脱落的故事都是单独存在的小“宇宙”，然而读者还是能乐在其中，就像在看邻镇发生的故事。

对了，这个短篇集里经常能看到“妻子”登场。作者并非刻意以“妻子”为主题创作小说，而是为了不让奇幻的故事过于脱离现实，故意加入了一点现实感和生活感。[③]当然，这只是我个人的观点。

顺带一提，这个短篇集最好不要一口气读完。说来可能有点多管闲事，但我的确这样想的。这绝不是因为故事很无聊，也不是因为内容很难懂，真要一晚上读完也不是不可能，而是因为一个精心构建的

③ 关于写小说的一些小心思，我在采访佐藤先生时颇有收获，特别感动。

小“宇宙”能够给人带来非常深刻的体验，使其之后无法马上抽身而出，转向另一个“宇宙”。因为这些短篇篇幅虽短，内涵却不输长篇，所以我感觉每天慢慢悠悠地读上一篇，细细体味每一个“宇宙”的妙处，才是正确的读法。

如果有人读了这个短篇集，感到小说是如此不可思议，如此可怕，又如此可爱，明明很无聊，却意味深长，那我一定会特别高兴。因为我认为，佐藤哲也正是一位能够告诉人们这一事实的作家。

《从泥泞中来》（佐藤哲也·文春文库）二〇〇七年八月

1.“绘画是什么”与“干支是什么”的日语发音一致。

该选哪本呢？兴奋地准备书本[①]

《一瞬的夏天》上、下

（泽木耕太郎·新潮文库）

《埃德温·马尔豪斯：一名美国作家的生与死》

（史蒂文·米尔豪瑟著，岸本佐知子译，白水社出版）

《思念》

（本多孝好·双叶文库）

我本来不爱出门，就算制订了旅行计划也不怎么热心，唯独在准备“带什么书出门”的时候，我会有点兴奋。带这本呢，还是带那本

① 我不太喜欢转换环境，有时甚至觉得一直窝在网咖里也挺好的（笑）。这篇随笔是我为“想要带上旅途的三本书”这一策划创作的。虽然这个策划本身不适合我这个宅人（笑），但反过来也可以说，这三本书就是厉害到可以让我这种宅人也能享受到旅途的乐趣。

呢，我总得苦苦思索好一会儿。可是一旦出门，我基本上又不会看书，甚至连翻都不翻开，就原样带回来了。

其实仔细想想，读书这种事情就像精神到了另一个世界漫游，肉体都已经出门旅游了，要是还把精神也送出门去，那不就要耗费双重的精力吗？而且我觉得，来都来了，看什么书啊，还是欣赏路上风光要紧。

虽说如此，我上面列举的三本书却例外地让我在旅行途中彻底沉迷，我还一口气读完了。我认为那是因为日程安排得比较松散，加之书的内容特别有趣，总之这三本书都让我印象深刻。

《一瞬的夏天》是我在巴厘岛海边躺着读完的。泽木为了举办拳击比赛而四处奔波的热情让我特别兴奋，甚至一不小心把文库本掉水里了。②

《埃德温·马尔豪斯：一名美国作家的生与死》是我们到盛冈泡公共温泉时，我在休息室读完的。本书是一名十一岁（！）就亡故的少年的传记，我被那扭曲、怪异的故事所吸引，读到后半部分不禁毛骨悚然。好在周围来泡温泉的叔叔阿姨们全都一副悠闲自在的模样，让

② 这本书应该是皱巴巴的了，不过还在我家放着。因为是妻子的书，落水后我特别惶恐。但可能是巴厘岛的魔力很大，妻子竟意外大方地原谅了我，真是太好了。

我顿时放松了不少。

我在机场等候飞往新西兰的航班时读了《思念》[3]，心想：跟我同年代的人竟然能写出这么有意思的小说，看来我还要再加把劲。我还清楚地记得，当时为了这个，我还专门祈祷飞机不要掉下来。

《周刊朝日》二〇〇七年八月二十四日号

③ 这是新潮推理俱乐部奖附送的旅行。当时《思念》刚刚做成文库版。我在成田机场翻开它，读完异常感动。

酷小说

我先来坦白一件事。我作为打海文三先生[①]的读者，应该属于粉丝那一类人。我出道后，经评论家池上冬树先生推荐读了《R 的家》，这就是事情的开端。

读完我惊呆了。里面竟有这样的句子：

“世界已被解读，我们至少要承认这点吧。可是，这里不存在任何出口。”

然后还有这样的对话：

“凉总是什么都明白。”

“我说的话全都出自他人之口。”

还有下面这样的对话：

“你喜欢动物？”

---

① 打海先生当时在写博客，我经常去看。有一次看完博客过了三天，我心想是不是该有更新了，便再次打开他的博客，没想到上面竟写着“本博客主人打海文三已去世”，我还以为这是什么玩笑。明明三天前还发了很正常的文章，这也太奇怪了吧，难道是整蛊吗？我完全无法理解眼前的状况。后来不知是谁发了邮件还是打了电话，我才得知那是真的，渐渐接受了这个事实，但是备受打击。

“这是家畜，谈不上喜不喜欢。我只是出于经济原因饲养了它们，从它们身上偷盗乳汁，或将它们杀了吃肉。”

有的人可能觉得这部分“装腔作势，甚为碍眼”，可我特别喜欢。或许是因为话语明明愤世嫉俗，却不会让人感觉刺耳。其他作家（比如我）如果写同样的东西，可能会过于苍白，可打海先生却不会。这是为什么呢？

我直到现在都搞不清楚原因，但是后来我再读打海先生的其他作品，看到这样的台词，都会感觉先生本人躲在书后两眼放光地看着我说：“让我看看你读了这个会做何反应，有什么想法吧。”如果觉得那些对话“装腔作势”，他还会冷静地分析：“是吗，你觉得装腔作势啊？”这让人清楚地感觉到，那并不是随随便便或者心血来潮写下的台词，而是打海先生本人思想的孕育之物。

有一次我与某位编辑见面，曾这样向对方感叹：“比我大了一轮还多的人竟然能写出这么酷的小说，真是太受不了了。”

当然，我并非不希望比我年长的人写很酷的小说，也知道比我年长的作家写了很多很多酷小说。只是打海先生作品中对话的感觉和戏剧性的展开实在太符合我的口味了，让我有点无所适从。虽然他的作品中“一切戏剧性都可以归结为性欲”的氛围让我有些不太适应，但还是有很多我喜欢的地方。

那位编辑听完愣了愣，然后说：“何止一轮，那位老师大您两轮吧。”于是我又吃了一惊。后来我专门查了打海先生的资料，发现他真的比我大二十多岁。

啊，真的吗？我不禁愕然。

我只见过打海先生本人两次。一次他从山形县返回，绕道来到仙台，我与他共进了午餐。他是一位温和又风趣的人，给人的印象跟我在作品中读到的“如果乱说话可能要被鄙视”的感觉完全一致。作品给我的印象和作者给我的印象几乎没有差别，这让我感到十分高兴。

打海先生的作品中（我又要坦白一件事：其实我没有读完先生的所有作品），我最喜欢的是《爱与悔恨的嘉年华》和《我爱过的幽灵》，而且不仅仅是在“打海先生的作品”这个范畴中，它们也是我读过的所有小说中比较喜欢的作品。这两本书都让我在读的过程中就感叹“这本书的乐趣和力量，恐怕只有我最理解吧”。极端点说，我甚至感觉“我可能比作者打海先生更清楚这部作品的魅力”。这无疑是一种傲慢又滑稽的错觉，但我的确有过这种感觉，所以没办法。

我与打海先生见面时，他曾开玩笑说：“我的作品不好卖。”

不过，我并不觉得那是什么大问题。毕竟好卖的书不一定都是好书。（反倒相反的情况更多。）我只是想：有很多读者都在等待这样的酷小说，我不清楚是不是真的不好卖，如果是真的，那一定只是书还没有遇到想读它的人。希望能早日遇到吧。

打海先生已经去世了（当然，我到现在都还不敢相信）②，但我的想法从未改变。

希望打海先生的酷小说能遇到想读它的人。

《追悼打海文三》《问题小说》二〇〇七年十二月号

② 我跟打海先生见面后，觉得他就是我想象中那个优雅帅气又充满幽默感的无比优秀的人。直到现在我还是不太能接受打海先生已经去世的事实。虽然我只见过他两回，但总感觉他现在还在世。我不太想去思考他已经去世这件事。

我的“杀手锏”

我喜欢摇滚乐队，尤其喜欢齐藤和义与 The Pees[①]。二〇〇七年，我得以跟齐藤和义先生合作，并为之写了一部小说，这对我个人来说可谓一件非常幸福的事情。然后，老早以前就在策划的与 The Pees 相关的工作也有望在二〇〇八年实现。这个策划的内容是以 The Pees 的名曲《实验 4 号》为题材，由我特别喜欢的优秀的电影导演山下敦弘先生拍摄一部短片，再由我来写一篇短篇小说。我的梦想竟然能一个接一个地实现，实在是让我震惊不已。作品将在二〇〇八年上半年发售。

另外，我要在德间书店的《书友》这本广告性杂志上开新连载，标题是《王者》，小说讲述了一名棒球运动员的半生。如果有兴趣，请到书店寻购。

《这部推理了不起！》二〇〇八年版

---

① The Pees 原本是妻子喜欢的乐队。我觉得他们的乐曲名字太像黄色笑话，还没听过就不喜欢了（笑）。后来一听，竟然特别好听。这次策划的小说定价实在太高，我不太敢说“请一定要买”，不过不用我说，山下导演的作品十分完美，而我个人也挺喜欢自己写的这个短篇，所以希望能有更多人来读。

青春的居处

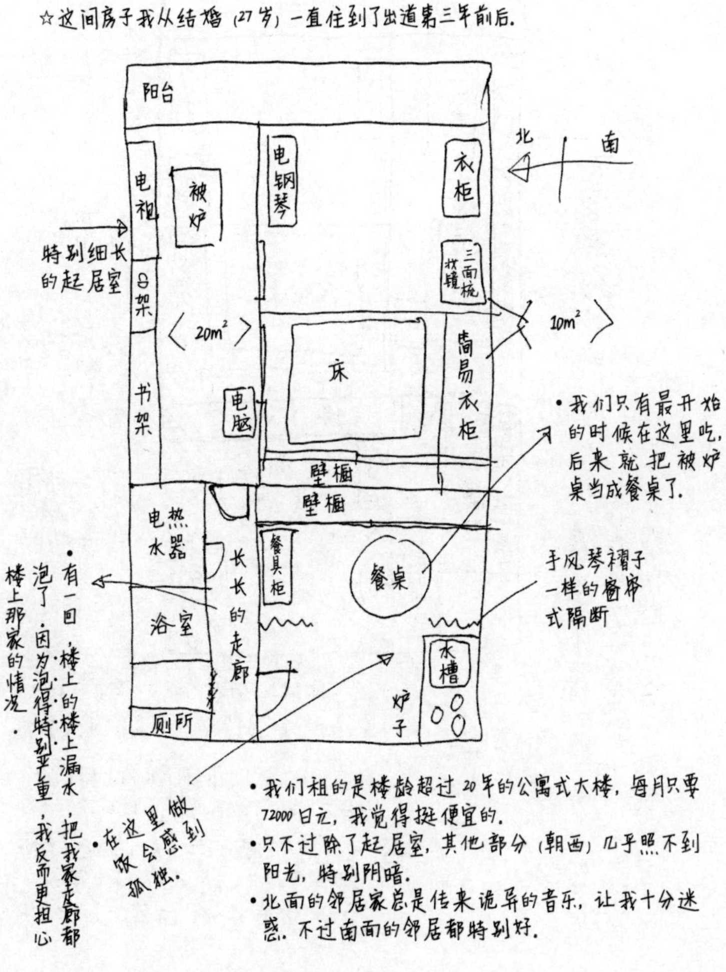
☆这间房子我从结婚(27岁)一直住到了出道第三年前后.
阳台
北
南
电视
被炉
电钢琴
衣柜
三面梳妆镜
特别细长的起居室
〈20m²〉
〈10m²〉
书架
床
简易衣柜
电脑
•我们只有最开始的时候在这里吃,后来就把被炉桌当成餐桌了.
壁橱
壁橱
电热水器
餐具柜
餐桌
长长的走廊
手风琴褶子一样的窗帘式隔断
•有一回,楼上的楼上漏水,把我家走廊都泡了.因为泡得特别严重,我反而更担心楼上那家的情况.
浴室
水槽
炉子
厕所
•在这里做饭会感到孤独.
•我们租的是楼龄超过20年的公寓式大楼,每月只要72000日元,我觉得挺便宜的.
•只不过除了起居室,其他部分(朝西)几乎照不到阳光,特别阴暗.
•北面的邻居家总是传来诡异的音乐,让我十分迷惑.不过南面的邻居都特别好.

2007年

174

★新婚(27才)からデビュー3年目ぐらいまで住んでました。

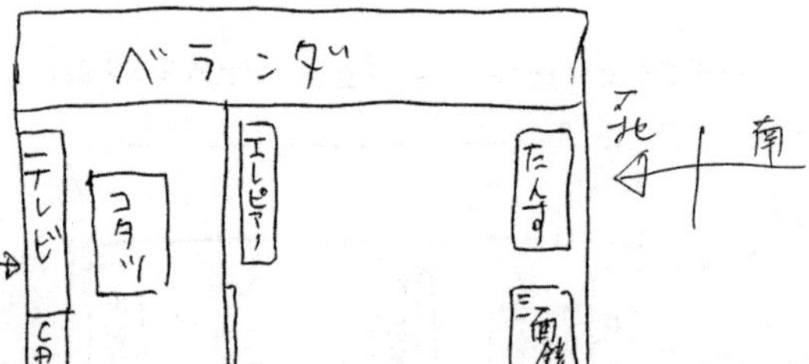

すごく長細いリビング

⑥ここでごはんを食べたのは最初だけで あとはコタツが食事場所に。

アコーディオンカーテン的な仕切り

⑥一度、上の上の階で水が漏れ、廊下が水びたしに。うちですら酷かったので途中の うちの上の階の状態はどんなのか心配になりました。

⑥ここで料理してると結構孤独でした。

⑥築20年以上の分譲マンションを賃貸しているというやつで一月¥72000は安いと思いました。

⑥たたみリビングより下(西側)はほとんど日が当たらず、すごい暗かったです。

⑥北側のお隣さん宅からはいつも不気味な音がきこえ謎めいていましたが南側のお隣さん宅はすごくいい人たちでした。

有人请我讲讲年轻时住过的房间，我便在记忆中搜索了一番。平面图和文字都是我亲笔所作，画完一看，我发现没有玄关门呢（笑）。其实，玄关门就在长长的走廊的一端。

这个房间比较细长，面积很大。按这样的面积来算，房租是特别便宜的，所以真是帮大忙了，尽管经常听到很诡异的音乐（笑）。那是一种像环境音一样的合成器的声音，而且那个房间平时还有很多人出入，直到现在我都不知道他们在干什么。

漏水那次我真是吓了一跳。听说是楼上的楼上开着洗衣机就出门了，水渗下来就顺着屋顶往下漏。眼看着墙壁的水痕越变越大，仿佛发生了什么超自然现象，吓死我了（笑）。

楼上的人那天不在家。我没有直接问过，所以不知道他们的受灾情况如何，不过肯定很严重吧。

其实我独居的时候也碰到过漏水事件。当时我住的房间在一楼，正睡在挑高层[1]的被窝里，天花板安装有荧光灯的部分突然掉了下来，紧接着便是一道“瀑布”倾泻而下，把我被窝彻底浇湿了。可能是因为安装荧光灯的部分没有排水通道吧。我心想这该不会是整蛊游戏吧，同时觉得这样不行，所以虽然是凌晨三点，我还是上了二楼。因为我没地方睡觉了，只能这么做啊（笑）。楼上住着一个年轻女孩子，我知道自己要被当作可疑人物，但还是按了门铃。

对方毫不掩饰“我家来了怪人”的表情，于是我轻声问道：“请问您家漏水了吗？”女孩子总算回过神来，说：“啊，对不起！”当时我只要求她：“你把水关上就好了。”然后回到房间，努力睡了下去（笑）。第二天，那个女孩子一脸不好意思地上门来道歉了。

《野性时代》二〇〇七年六月号

1. 挑高层：层高比较高的房子加楼板多隔出一层的房屋布局。

想逃走的老鼠①

"你听过老鼠的故事②吗？"小时候，父亲经常这样问我。老鼠的故事是指"用老鼠做实验的故事"。实验内容是对老鼠进行电击。其中一只老鼠会突然受到电击，另一只老鼠则在正式电击之前能得到一次轻微电击，用以预告"接下来要进行电击"。如此不断重复，结果发现每次都得到预告的老鼠寿命更短。由此可以得出一个教训：要是总担心以后要发生的事，那便活不长。

当然，我并不知道是不是真的有人做过这个实验，也不知道详情是否跟父亲说的一样。因为父亲是那种将夸大事实视作生存价值的人，不值得相信。但是，总之，父亲只要有点什么事就要对我说那句话。

他为什么要这样呢？因为我这人特别爱担心。学校要是搞个什么成果发表会，我肯定在一个月前就会开始念叨"好讨厌啊"。看到学校

---

① 我想了一整年，啥都想不出来，好不容易赶在截稿日前三天写出了这篇"干支随笔"。我还被妻子怂恿"可以找到老鼠随笔的灵感哦"，跟她去了一趟迪士尼，但只是玩得很开心，没有得到任何灵感（笑）。

② "老鼠的故事"成了父亲的"十训"之一。无论怎么想，得到预告那只老鼠都是因为每次多挨了一下轻微电击，身体受到的损害更大，这样日积月累，才最终折了寿命吧。事实究竟如何呢？

午饭的配餐表，我也会阴郁地想：“这个月有黄瓜啊，这可怎么办？”[③]所以父亲可怜这样的儿子，就给我讲了“老鼠的故事”。

然而，无论听过多少这种故事，我的性格都不会改变。最后我反倒对父亲那句“你听过老鼠的故事吗”越来越感到厌烦，“不停地为不久之后将要发生的事情而烦恼”这种性格倒是一点都没变过。

可能因为这样，我很不擅长做带截稿日的工作。“有截稿日”这个事实会让我特别慌乱，并且光顾着担心“要是赶不上怎么办”，让时间就这样白白流逝。所以我经常想说：“我绝对会在截稿日之前完成的，所以请你不要提截稿日，好吗？”

我写到这里，把稿子发给约稿的记者，他马上打了电话过来：“伊坂先生，您一个作家怎么能说这种丧气话呢？您知道那个故事吗？”

“老鼠的故事？”

“对，就是老鼠的故事。船要沉的时候，老鼠能够提前感知，并且及时逃出去。作家也一样，可以提前感知世上的危险，并且肩负着鸣响警钟的使命啊。”

---

③ 我到现在都还改变不了讨厌黄瓜的毛病。连小孩都嫌弃地说：“你怎么会讨厌黄瓜呢？明明很好吃啊。”另外腌的东西我也不爱吃，特别是腌萝卜。总之，我就是不喜欢脆生生的口感，根本吃不下去。

“这故事讲的是作家跑得比较快吗？”

“不对。”记者马上否定，“作家可以像老鼠一样感知危险，而且还应该坚持留在船上不逃走。”

我一边听他说话，一边想：我真不想改稿子啊。于是我看了一眼电脑，想到了借口。

“不好意思，我现在无法工作。”

“为什么？”

“因为鼠标坏了。它肯定是感知到什么了吧。”④

《中日新闻》（晚刊）二〇〇八年一月五日

④ 这是我利用鼠标跟老鼠精心编造的冷笑话，然而记者毫无反应。

六十三位人气作家大调查！

二〇〇七年印象最深刻的书：

佐藤亚纪的《弥诺陶洛斯》。竟能读到同一时代如此高质量而帅气的小说，我真是太幸运了。

劳伦斯·布洛克的《刺杀游行》。书里的一切都符合我的口味，算是我最喜欢的系列作品了，而且根据这本书的译后记介绍，即将在本国发售的此系列最新作品[①]（单看梗概）跟我去年出版的《金色梦乡》有点像。这又是一个惊喜。

二〇〇七年印象最深的事：

打海文三先生去世了。我到现在都不敢相信。

---

① 这部最新作品尚未被引进日本，我已经等不及了。（后来总算发售了，我还得到机会写文库版解说。那篇文章收录在本书第 246 页。）

二〇〇八年的计划：

我要与电影导演山下敦弘一道，以摇滚乐队 The Pees 的曲子为题材创作一组作品。我的短篇小说和山下导演的 DVD 将由讲谈社成套发售。

《活字俱乐部》二〇〇八年冬季刊

2008年

造就我的五位作家和十本书

先列举一些我十几岁时喜欢的作家。这些并非小众作家，都是名声在外的知名作家。初高中时期，我一度完全沉迷于他们的作品。这些作家和他们的作品肯定对我现在的小说产生了一定的影响，极端地说，甚至是造就我（的小说）的重要成分。

首先是赤川次郎。上初中时，我感觉身边所有人都在读赤川次郎的作品。有一次到朋友①家去玩，我本以为他平时肯定连书都不碰，没想到他房间里竟放着《打发时间杀人游戏》(光文社文库)，令我震惊不已。我不禁想，既然连他都在读，那恐怕全世界的初中生都在读赤川次郎吧。这本书讲的是一个“母亲是盗贼、长子是杀手、长女是骗子、次子是律师、三子是警官”的家庭被卷入某起案件的故事。我觉得，能想出这样的设定，作者就已经大获全胜了。现在，我自己创作

---

① 是篮球部的一位朋友。我本以为他根本不会看书，所以当我发现他家里有赤川先生的作品时，感到十分震惊。我今年与赤川先生一道参加了日本推理作家协会奖的评选会。他跟我想象中的形象别无二致，这让我特别感动。

故事的时候，通常会以“这么一群特别的人遭遇了这么一起可怕的案件，结果会如何呢”为基础展开思考，有这种做法的可能就是受到了这本书的启发。

《提线木偶陷阱》（文春文库）也让我印象深刻。这是一个读起来十分畅快的悬疑故事，共由四个章节组成，每章的气氛都不一样，读来让我感觉天旋地转。其实不久以前，我时隔二十几年重读了这本书，惊讶地发现，它直到现在都不会显得过时。这部作品出版后，又有许多心理悬疑作品跟风出现。到现在，这种类型的作品已经不算新鲜了，但唯独《提线木偶陷阱》依旧不觉老套。书中很少提到时代和风俗，带有一种幽默的气氛，比我十几岁读的时候感觉更有力量。最关键在于，这本书实在是太平易近人了，以至于我以前阅读时并未发现里面竟充满了各种创意。书中没有刻意强调那些创意，而是用谁都能看懂的文字和愉快的对话表现出来，让我深深感慨，这种表现手法真是太帅气了。

其次是西村京太郎。我十几岁时，万万没想到将来会按照这个名字的笔画设计笔名写小说。②《华丽的诱拐》（德间文库）和《双曲线

② 有一次母亲读了讲笔画的书，提到赤川次郎先生和西村京太郎先生名字的笔画都很完美。于是，我就给自己起了“伊坂幸太郎”这个名字。理由真单纯。

的杀人案》(讲谈社文库)让我读来格外兴奋。前者以“我绑架了日本全国人民，准备五千亿日元赎金来赎”这个荒诞又令人愕然的凶手要求为开篇。读到这里，会有人不感到兴奋吗？当然，我一开始也疑惑：“他真有本事绑架全日本国民吗？”后来作者抛出了让人忍不住拍手叫好的“绑架说明”，令我目瞪口呆。如果现在重读，我不知会是什么样的感觉。不过故事讲到一半，出现“绑架了国民的凶手竟不得不保护国民”的讽刺场面时，我又瞬间释然了：原来如此啊。再来看《双曲线的杀人案》。这部小说讲述了可谓本格推理[1]定式的暴风雨山庄里发生的连续杀人案。翻开书本，一上来就是“因为涉嫌违反规则，这里要事先声明，这起案件的凶手是双胞胎”这样的作者提示。实在是太鲁莽了。我心里疑惑：“这到底是怎么回事？”却没想到最后竟有如此出人意料的结局在等着我。但是就我个人而言，凶手的动机比意外的结局更令人惊讶。书中写到了“旁观者之罪”“围观者之罪”。也就是说，案件的起因在于对人们视而不见这种态度的憎恨。“虽然在法律上不算罪恶，可是，罪恶不就是罪恶吗？”这种矛盾的感情成了我在小说中时常提起的内容。

再次是岛田庄司[③]。如果没有读过这位作家的作品，我可能根本不会产生自己写小说的想法，至少不会钟情于推理这个类别。这点绝对没错。所以我喜欢他的所有作品，如果非要选两本出来，首先就是《北方夕鹤2/3杀人事件》(光文社文库)。我原以为这本书是作为主人公的刑警在旅行中的推理故事，实则截然不同。主人公在一路北上的途中，回忆着与前妻一起生活的时光，结果想到了一起不可思议的密室杀人案，进而出现了"深夜倒退的铠甲武士"这种难以置信的谜题。而且，主人公为了证明前妻的清白，还必须在有限的时间内破解真相。故事所用元素丰富到堪称奢侈，真乃世间少有。主人公为了解救前妻而四处奔走、遍体鳞伤，这让我感到胸中火热，而且案件的真相也出乎我的意料，让我哑口无言。我根本不知道要怎样才能写出这样的小说(现在依旧不知道)。同样，《奇想，天动》(光文社文库)也是一部奢侈而可怕的作品。我从这位作家身上学到的最重要的一件事可能就是，"唯有天赋异禀的岛田庄司方可写出这种作品，我这种人贸然模仿

③ 岛田先生对我的影响已经到了无以言表的地步。如果我没有读过岛田先生的小说，后来恐怕就不会写推理。

必然会失败”。

另外还不能忘了梦枕貘[④]。上初中时，社团的朋友推荐我读《幻兽少年》（索诺拉玛文库），还说，“我头一次读到这么有意思的书”。我半信半疑地翻开书本，立刻就着迷了。书中有许多诡异而强悍的角色登场，其中，既有身体强健的人，也有精神强韧的人。故事节奏很快，动作场面让人呼吸急促。最重要的是，作者堪称执拗地描绘了战败的人物，这点令我倍感喜爱。梦枕貘并没有让败北之人就此退场，而是仔细描写了他们败北之后的不甘和屈辱。这既可以说是温情，也可以说是冷酷，总之，这就是梦枕貘作品的魅力所在。每一卷的故事情境都变得越发恢宏壮阔，还是初中生的我满怀期待地追逐着，想知道最终结局如何，但是没想到直到我都三十七岁了，故事仍未完结。这到底是怎么回事？我时常担心自己能否读到这个故事的结局。我能活到那一天吗？

说句题外话，岛田庄司和梦枕貘的作品都倾向于“让某部作品的登场人物（配角）在另一部作品中（作为主角或配角）登场”。《幻兽

---

④《瓢虫》出版时，《野性时代》杂志为我做了一个特辑。特辑中的一个栏目收集了各路人士对我的提问。其中有一位向我发出了好似问禅的提问，那人便是梦枕貘先生。我到现在都回答不上来（笑）。

少年》系列中登场的九十九三藏的兄长便是《狩暗师》的主人公，名叫九十九乱藏。我认为这很有意思，仿佛给登场人物赋予了一定的厚重感，让人觉得“这些人其实真实存在，现在不知在哪里呢”。还会想，他在这个故事里是配角，不过这个人在自己的人生中也是主角啊。显然，这对我现在写的小说产生了影响。

我还喜欢《吞食上弦月的狮子》（上、下，早川文库）。话虽如此，其实我已经想不起来它的内容是什么了。我只记得故事中反复提出了“人是否能得到幸福”这个简单的疑问，最后做出回答时，我感到特别高兴，差点就哭出来了。话说，那个问题的答案究竟是什么呢？我想不起来了。⑤

最后就是大江健三郎。大学入学不久的一天，那会儿我可能还在十几岁的尾巴上，我拿起了《喊声》（讲谈社文艺文库）。⑥作者用独特的文字风格描绘了三个年轻人的奇妙生活。我当时的感想是，世上竟有这么有意思、这么符合我口味的小说啊。我一天就读完了《喊声》，第二天就骑着小电驴去买了另一本大江健三郎的作品。回到出租屋读

⑤ 写完这篇随笔，我重读了一遍文库版的《吞食上弦月的狮子》，总算想起来了（笑）。

⑥ 我在这里又写到了一次《喊声》呢（笑）。那我想再说一件同样说过很多次的事。我在刚开始写小说时，目标就是用大江先生的文笔，写出北方谦三先生那样的故事。

完，次日早晨又去买了一本。如此持续了十几天。在《喊声》的解说中，新井敏记提到了自己关于大江健三郎的回忆。那是一段他跟朋友的对话。“大江的小说悲伤吗？”“悲伤，而且温柔。”“那是恋爱小说？”“不，是关于成长的小说。”

没错，我现在之所以写小说（一样的玩意儿），就是为了创造那样的故事啊。如果再选择一本大江健三郎的作品，该选什么好呢？新潮文库的大部分作品我都很喜欢，不过还是选《拔芽击仔》吧。

如此写下来，我不禁想：这些作家真是给我带来了不少影响啊，而且这些影响都好明显啊。这十本书，再加上新潮文库里收录的一百本书，如果有人全都读过，而且那人也要写小说，说不定能轻易写出跟我一样的小说呢。虽然我也很想坚定地说那不可能，但可惜没有依据。

《夏天读书就读文库本！》*yom yom* vol.7

1. 本格推理：推理小说的一种流派，以逻辑至上的推理解谜为主，与注重写实的社会派相对。

与齐藤和义先生共事

突然冒出来宣传自己的书，实在是不好意思。事情是这样的，我写的小说里有一部名叫《一首朋克救地球》，简单粗暴地介绍一下故事梗概，就是“有个过去不火的摇滚乐队，他们录制的朋克摇滚乐经过种种曲折拯救了未来世界”。这样写看起来就像童话故事（可能实际读了也会觉得像童话故事），总之情节就是这样。

这部《一首朋克救地球》的电影版明年准备公映了。导演是去年帮我把《家鸭与野鸭的投币式寄物柜》拍成电影的中村义洋①先生，制作人和剧组成员也基本是原班人马。我已经读过剧本了，特别有意思，因此很期待电影成品。

开始计划改编电影是在前年年末，当时制作人经常说：“关键在于剧中摇滚乐队的曲子由谁创作，如何创作。”的确，那首“能够拯救地

---

① 电影《金色梦乡》的 DVD 附赠特典中，就有中村导演和齐藤先生在录音棚里给画面配音的工作场景。我看着那段录像，不禁羡慕地想，这真是一对好搭档啊。从画面中能够感觉到，这两人就好像多年的挚友一样。前些天有个对谈活动，我和中村导演、齐藤先生坐在一起，当时我仔细思考了两个人结识的过程，发现原来是通过我这个中介，顿时备受打击。这就好像把自己喜欢的女孩子介绍给好哥们儿，结果那两个人不知不觉好上了，真让人悲从中来（笑）。

球”的朋克摇滚乐将在电影中登场数次，地位十分重要。

“目前正在考察各个乐队和音乐人。”

当制作人对我说起这句话时，我那句“齐藤和义先生怎么样”已经到了嘴边。然而，当时我还没见过齐藤和义先生，更没想到能与他共事，只是纯粹地想听齐藤和义创作的朋克摇滚乐，觉得齐藤和义一定能写出特别酷的曲子，仅此而已。但是我觉得原作者连这个都要指定，实在是有点过分了，就没有说出来，只附和道：“不知是谁能创作出什么样的曲子呢，我好期待啊。”

过了一段时间，发生了各种事情，最后竟然定下了与齐藤和义先生共事。我之所以辞掉工作成为专职作家，就是因为在上班的巴士上听到了《幸福的早餐，无聊的晚餐》，没想到后来竟可以跟齐藤和义先生一起工作，我除了感激别无他想。（这件事写在了去年出版的谈话集《关于羁绊》中，此处略去。）

然后到了去年春天，电影《家鸭与野鸭的投币式寄物柜》快要公映时，我为了协助宣传，参加了“仙台取景地巡礼”的策划。当时我跟中村义洋导演、制作人和女演员一道走在仙台的大街小巷里，途中我的小灵通突然收到了一封电邮。是谁呀？我打开一看，竟是齐藤和义先生，他说去看了《家鸭与野鸭的投币式寄物柜》试映，感觉特别好。当时跟这部电影相关的人员恰好都聚在一起，这个时机多凑巧啊！我特别感动，还向就在我眼前的制作人他们念出了邮件内容。他们十分高兴，同时意味深长地看了看彼此，笑眯眯地说：“这已经算是命运了吧。”我正奇怪他们在说什么，没想到有人告诉我：“其实我们想找齐藤和义先生来为《一首朋克救地球》的电影写曲子。”齐藤和义先生肯定也没想到收邮件的人那边竟发生了这样的对话吧。虽然不能说是飞蛾扑火，不过那便是齐藤和义先生主动“入瓮”的瞬间。

后来就定下了由齐藤和义先生来为电影《一首朋克救地球》作曲。这件事应该发生在去年入夏前。

又过了几个月，制作人寄来了齐藤和义先生作曲的《一首朋克救地球》CD。对还未正式公开的曲子发表感想可能有点不好，不过它真的简单又粗暴，而且特别帅。其中有些青涩的部分，让我感觉连二十几岁的摇滚乐手都写不出这样的曲子，而且那些部分还跟演奏完美融合在一起，无论听多少次都不会腻。

后来我见到齐藤和义先生，他害羞地小声说："那曲子是不是很像*The Damned*？"[②]太好玩儿了。当然，曲子本身一点都不像是模仿或抄袭的，我感觉这样说话实在太符合齐藤和义先生的性格了，而且他还说："那首曲子演奏起来肯定很好玩儿。"这让我印象深刻。电影里是由演员们演奏那首曲子，而齐藤和义先生却会想象那个画面，说出"一定很好玩儿"这样的话，让我感觉彼时的齐藤和义先生不再是"弹唱歌手""独唱者"，而是一支摇滚乐队啊。[③]

如此这般，虽然不是直接接触，但我与齐藤和义先生未来至少还会有一次工作上的合作，为此我感到很高兴。但我也要努力完成自己的工作，以免别人生气地说，"那个作家总跟在齐藤和义屁股后面蹭热度"。这便是我目前的想法。

《别册角川》二〇〇八年八月号

② 听到这句话我笑了，齐藤先生真的很风趣。听说齐藤先生为了写出七十年代摇滚的味道，听了好多那段时间的曲子。

③ 听闻齐藤先生以前是一位弹奏速度很快的重金属吉他手，而且号称"宇都宫第一快手"，备受人们敬仰（笑）。我上学的时候，也有同学特别崇拜 Loudness 乐队的高崎晃。我们年轻的时候，脑子里好像都把"快"跟"厉害"联系在了一起呢（笑）。

打海文三《我爱过的幽灵》解说[①]

老实说，我第一次拿起这部作品，心里并不太想看。打海文三是我喜欢的作家，能读到他的新作品我感到很幸福，然而我从《我爱过的幽灵》这个标题中径自想象了一个少年与幽灵培养友情的奇幻故事，或者是回忆起少年时代让人心中一暖的童话故事。

我认为打海文三没必要写那种故事，我也不爱看那种故事。所以我一边很失礼地觉得这本书（对我来说）应该没什么意思，一边翻开了书页。

“十一岁那年夏天之前，我一直懵懵懂懂地生活着。”故事以这句话开篇，主人公是一个名叫田之上翔太的少年。他说：“简而言之，我并没有称得上是烦恼的烦恼。”还说：“当时我最敬仰的人是比我大五岁的姐姐。从这点也能看出，我活得有多么懵懂。”

① 这篇我写得无比认真，但在写完的瞬间，我想到这篇文章打海先生应该不会，也没机会读到了吧。因此十分伤感。

读完第一页，我不禁坐直了身子。因为我发现，这不是“孩子与幽灵的友情故事”，也不是“诉说怀旧之情的感人故事”。“十一岁那年夏天之前，我一直懵懵懂懂地生活着”，这句话反过来说，就是“十一岁那年夏天之后，我再也无法懵懵懂懂地生活下去”。也就是说，这一定是个再也无法保持懵懂的少年努力生存下去的故事。我读了下去，开始产生一种预感：这可能是一部了不起的作品。小说里没有恢宏的场景，也没有太大的波澜，但正好符合我的喜好。我感到很兴奋，很难说清楚自己有多喜欢这部小说。我本来就不擅长用语言来阐释“感动”这种抽象的感情。所以，现在我写的这篇文章应该不算是解说，而是更接近一种祈祷。“希望有人跟我一样喜欢上这本书。”

打海文三有好几部作品都以青年人或少男少女为主人公，如《鲁滨孙之家》《爱与悔恨的嘉年华》《裸者与裸者》《愚者与愚者》等，我特别喜欢这些作品。作品中登场的青年和少男少女都帅气得令人惊叹。打海文三的遗作《梦想家园与母亲》中有一句话：“人类是一种感情细腻的怪物。”而他笔下的青年和少男少女恰恰体现了细腻与力量并存的感觉。他们虽然是青年，虽然是孩子，却没有过着平静的生活。但他们从不逃避，也不慌乱、哭泣，而是拼命生存下去。他们可能遭遇内战，可能患上不明疾病，可能碰到猎奇杀人案，在各种无缘无故落到自己身上的巨大灾难中，天真而坚强的青年和孩子们依旧顽强地生存着。

可能正因为如此，我每次想到打海文三的作品，脑中都会浮现出一个少年在大雨中打着比自己还大的雨伞，背着书包走路上学的身影。他用弱小的身体顶着雨水，心中或许会有不安，却绝不停下脚步。少年丝毫没有自我怜悯或自恋的态度。他虽然弱小，却很强大。他坚持完成自己应该做的事，他就是一个“弱小而强大”的少年。

言归正传。这本《我爱过的幽灵》故事梗概如下：

十一岁那年暑假，田之上翔太去看了摇滚乐队“薇薇安女孩”的演唱会，在回家途中，于中野车站碰上了人身事故。他“虽然是个胆小鬼”，但是“想亲眼看看惨死的尸体”，就朝电车轨道走去。此时，一个穿着深色西装的年轻男子来到他身边对他说:“小鬼,别看。”

从那一刻起,田之上翔太身边开始发生奇怪的事情。他发现,除了自己以外,所有人都跟以前有点不同了。比如气味。他的家人和朋友都散发出了独特的、仿佛什么东西坏掉了一般的硫黄味。他以前从未遇到过这种事,所以他觉得“是我的鼻子出问题了”。后来,他得知中野车站并没有发生人身事故,又开始这样想,“我的鼻子和脑子都出了问题”。

不久之后,一名男子开始接近田之上翔太。那就是在中野车站对他说“小鬼,别看”的青年男子山门健。山门健递给他的名片上有一行字:“别担心你家人,什么都别说。我们好像误闯进来了。”

原来,田之上翔太和山门健误闯进了另外一个世界,还被警察厅和自卫队盯上了。

故事就这样进行下去。

故事的核心在于田之上翔太与家人的关系,或许可以称之为爱的难题。田之上翔太知道，“孩子对爱十分敏感”。他一边说“我可能有逃避现实的天赋”，一边控诉“如果人没有心也能对他人温柔以待，那我的家人为何舍弃了我？”他不哭，也不会因为困惑而大声喊叫，只会发出抗议一般的叹息。他还说：“期待没有心的人长出心来，根本没有用。”

故事来到中局，一名女性说：“翔太很幼稚。”

田之上翔太这样回答：“这我承认，可我想听真话。”

他是一名少年，他只有十一岁，深知自己是个胆小而幼稚的人，但他想“听真话”。这不会让人感到小孩子装大人的苍白无力，也看不见“我是个小孩子所以你要谅解”的蛮横。而且，他还进行了以下思考：“首先要锻炼自己的头脑、内心和肉体，以达到大人的水平。如此一来，就能靠自己打开命运之门。我要耐心地等待那一刻的到来。”

他知道像自己这样的孩子要生存下去必须做什么，最重要的是什么。这个部分最能让我感到胸口一紧。这不是出于同情、哀伤或感慨，而是对他那“弱小而强大”的身影感动至深。这个“弱小而强大”的田之上翔太绝食抗议、打雪仗、玩投接球的画面都特别令人伤感，此外还带着一丝温情，虽然笔触平淡，读起来却让人胸中涌出火热的感情。

这里当然不会透露田之上翔太的故事结局如何。总之，最后的场面完全出人意料，让我格外感动。因为可能招致误解，我在这里先声明：虽说“出人意料”，却不是惊天动地的大逆转，也没有快刀斩乱麻的爽快终局。它无法被归入“回到原来的世界 / 回不到原来的世界”或“幸福 / 悲剧”这种分类，显得如此神奇又美好，让我在读完最后一页时得以松了一口气。随后我想，真想把这本书放在书架的最佳位置。我不知道第一次通过文库版读到这个故事的人是否会产生同样的心情，但我觉得一定有，希望可以有。

顺带一提，田之上翔太误闯异世界是在看完了“薇薇安女孩”这个摇滚乐队的演唱会之后。“薇薇安女孩”这个名字很可能，应该说绝对取自亨利·达尔格的《不真实的国度》。以前在青山图书中心六本木店举办的“打海文三荐书”活动中,《不真实的国度》就被推荐过。（说来羞愧，那是我头一次听说亨利·达尔格这个人。）亨利·达尔格在他的陋室中耗费六十年时间写作，最后留下了这部作品（一万五千页的小说和数百张插画）。当然，那不是为了商业出版，而是为了他自己。书中的登场人物是拥有男性性器官的可爱少女战士——薇薇安女孩。打海文三想必是为了将田之上翔太引入异世界，才使用了这些少女战士的名字。

看着亨利·达尔格难以说是恬静还是惊悚的插画，我似乎感觉到了其与打海文三作品的相通之处。兼具了纯真与残酷的童话，这句话很适合用在《我爱过的幽灵》上。堪称恰到好处。

最后。

这部小说中有个场景：田之上翔太在某个房间里等待，此时身穿制服的二等陆尉朝他招了招手。站得笔直的二等陆尉这样说："别再害怕了，赶紧出来吧。"②

那可能算不上是很重要的场景，可是我头一次读到，并且再次读

② 写作的时候我全然没有考虑过，但是后来我发现，《王者》最后的文字可能受到了这句话的影响。可能它已经被镌刻在了我大脑中的某个角落吧。

到的时候，我都感觉是打海文三在对我说这句话。那不是在说“这边很安全，你不需要害怕，放心出来吧”，因为打海文三不会说那种听起来很可疑的话。

世界很糟糕，充满了残酷和不合理。我们是那么那么弱小。这些我们都懂，正因为懂得，所以只能坚强地活下去。所以——

“别再害怕了，赶紧出来吧。”

我想，打海文三就是一位会对读者说这样的话的作家。

《我爱过的幽灵》（打海文三・中公文库）二〇〇八年十月

我的“杀手锏”& 痴迷的○○

虽然我自认为工作很认真，但是目前还没有完成“即将在二○○九年出版的东西”。正在德间书店的《书友》杂志上连载的《王者》应该能集结成册，正在《读卖新闻》上连载的《SOS之猿》做成单行本的可能性也很大，不过现在还不好说。[①]首先我要祈祷连载能顺利结束。除此以外，我还打算着手创作另一个单行本，但是目前也很难说。

我没有什么痴迷的东西。[②]原本我这人就爱好不多，经常觉得自己是个很无趣的人。不过，虽然谈不上痴迷，我最近还是经常听The Blue Hearts的歌。我可能有十几年没好好听他们的歌了。[③]放上他们的第一张专辑，第一首曲子的鼓点传出来的瞬间，我即使已经三十七岁了，还是感到难以抑制的激动，连自己都觉得好笑。现在，浩人和昌利在

---

① 结果，二○○九年《王者》和《SOS之猿》都出版了。

② 现在我很痴迷饲养大锹形虫。虽然才刚开始养，将来怎么样还不清楚，但总之很开心。

③ The High-Lows和The Cro-Magnons倒是经常听，The Blue Hearts是真的完全没有听。久违地听一下，还是觉得他们太帅了。

The Cro-Magnons 不断创作着剔除了信息，但是保留了摇滚乐乐趣的曲子，他们从 The Blue Hearts 时代到现在的这种变化，我觉得特别好。

《这部推理了不起！》二〇〇九年版

牛的心情[①]

小时候我听十二生肖的故事[②]，印象最深的就是牛。牛说："我走路慢，还是早点出发吧。"于是很早就出了门。然后，它在离终点只有一步之遥的地方，竟然让坐在自己背上的老鼠抢了先。

我一想到牛的心情，就感到特别悲伤。年幼的我心想：自己脚踏实地的努力到头来竟然被人利用，它一定很不甘心吧。可是母亲听完我的话这样回答："牛其实不怎么介意，因为它好歹是成了十二生肖之一，心里可能会想，'这样就很好了'。"我稍微松了口气。的确，当上十二生肖的第一名应该不会得到第二名没有的特别奖励，那可能也不是一件值得生气的事情。

不久前，我孩子弄伤了手指。尽管我觉得那只是轻微挫伤，但是毕竟胆小，便带孩子去看了整形外科。我们开车到了医院，发现停车

① 这篇也是历经千辛万苦写出来的"干支随笔"。我反复问了妻子好几次，关于牛能写出什么文章，她却只用"写写牛步应该不错吧"这种含糊而不负责任的话来搪塞我，最后我实在没办法，内心呐喊："牛慢慢走步这种事能写出几行字啊！"(笑)

② 后来我意识到有十二生肖的故事，马上去把书买来了。同时我又想，既然我写的是"干支随笔"，干脆每年都引用十二生肖的故事不好吗？老鼠耍心机，把猫和其他各种动物骗得

（脚注续下页）

场都停满了，心中不禁有些焦急。好不容易走进电梯，却发现对面跑来一个男性，我把快要关上的电梯门重新打开，他却连声谢谢都没有，到达楼层后还大摇大摆地第一个走了出去，抢先往前台赶。“我们先来的呀！”我险些脱口而出，彼时突然想到了牛的故事。于是我转念一想：“牛虽然在快到终点前被超过，但它应该不会在意这种小事。我也应该具备‘这样就好’的精神。”原来如此，多亏了牛，我感觉好多了。过后，我便去找了《十二生肖故事》来读。

细读之下，我发现故事写到牛被超过的场景时，用的是“好不甘心，气得哞哞叫”。原来牛也生气了呀。我感到备受打击，但很快又想：该生气的时候要生气，这也很重要啊。

我今年的目标是正确分辨“这样就好”和“我生气了”的场合。

《中日新闻》（晚刊）二〇〇九年一月七日

团团转。牛则特别有内涵，它知道自己走得慢，于是早早出发，一步一个脚印地朝终点前进，真酷啊（笑）。

五十五位人气作家大调查!

二〇〇八年印象最深刻的书：

今年我没看很多书，不过有幸读到了莫言的《生死疲劳》和马里奥·巴尔加斯·略萨的《胡利娅姨妈与作家》。莫言的作品实在是太棒了，而且我特别喜欢《胡利娅姨妈与作家》，甚至后悔为什么以前从未读过。

二〇〇九年的计划：

如果在德间书店的《书友》杂志上连载的《王者》，以及在《读卖新闻》（晚刊）上连载的《SOS之猿》能够顺利完结，接下来可能会做成书。后者计划跟漫画家五十岚大介先生执笔的漫画《猴SARU》① 配套销售（大概）。

《活字俱乐部》二〇〇九年冬季刊

① 这部虽然是单行本衍生漫画，但我认为堪称杰作。后来标题改成了*SARU*。

被书吸引，宛如在精神宇宙旅行①

我一听到“梦与浪漫”，就会兴奋得心跳加速，我的性格本身就偏好精致的生活，至于那些恢宏壮阔的冒险故事，在我看来仿佛他人之事。以前我写过一部名为《金色梦乡》的讲述“逃亡者”的小说。创作这部小说的个人目的，是挑战宛如好莱坞电影一般的娱乐作品，然而被人指出“主人公只不过是在仙台市内兜兜转转，其中还有很多室内场景，感觉有点宅啊”。于是我回答：“那是因为我讨厌出门。”相比在广阔大地上驰骋的外向的冒险故事（用电影来打比方，就是《印第安纳·琼斯》），我可能对身在无聊的黑暗之中，思索“我为什么在干这种事”的内省故事（用电影来打比方，就是《2001 太空漫游》）更有兴趣。

这次举出的三部作品讲的也并不是愉快的梦想或是浪漫的故事。它们是更具有思索性，能让读者仿佛在精神宇宙中遨游的书。希望有

① 根据委托，这篇随笔讲的是关于“梦与浪漫”的书。可是我对“梦与浪漫”不怎么感兴趣，后来想到如果将其解释为在精神世界中的冒险，这三本书应该能算，于是做出了选择。再次强调，我是个讨厌出门的人，不喜欢身体的旅行，只喜欢在精神世界里扬帆起航。

人跟我一样偏好类似的作品。

《寻求万物的尺度，定下米法的子午线大测量》

（肯·奥尔德著，吉田三知世译，早川书房出版）

十八世纪末，两名科学家为了测量子午线，分别向北方与南方出发。这是为了以子午线的长度为基准制定一米的单位长度。科学家们在旅途中险些被当成间谍，经历了堪称冒险的种种故事，可是我最喜欢的并非这个部分，而是科学家意识到自己的测量存在误差时产生的苦恼（腰封提到“连他们的错误，也是科学上的一项伟业”），以及定下单位后迟迟不能推广普及的焦急（人类总是喜欢“自己习惯的坏方法”多过“只要稍加学习就能掌握的好方法”，这句话让我印象深刻），这里我觉得更有意思。

《吞食上弦月的狮子》（上、下）

（梦枕貘·早川文库）

收集“螺旋”的收藏家与岩手的诗人（宫泽贤治）融为一体，来到不可思议的世界里，登上高峻的山峰。为何要登山？是为了回答“狮子宫入口处”的提问。这个故事体现出的世界观让我感受到了令人眩晕的浪漫。途中，主人公发出了“人是否能得到幸福”的提问。故事最后，诗人淡淡道出了对那个问题的回答（也不是什么让人大吃一惊的答案），我异常感动，还产生了特别积极的情绪。

《爱的故事》

（山本弘·角川书店）

可能因为我性子单纯，或者说幼稚，只要一听到“梦与浪漫”，就会条件反射地联想到“宇宙”和“机器人”。这本书就讲述了一个有智能机器人登场的故事。它以数个短篇串联的形式，一开始营造了还算平稳的故事氛围，后来逐渐体现出人类欲望的可怕，成了（我偏爱的）带有危险感的故事。最后，作者借机器人之口道出了故事的目的，讴歌了虚构的力量和开创未来的希望。这完全就是“梦与浪漫”的具象。

《费加罗日本》二〇〇九年十二月二十日号

我的“杀手锏”& 我出道之前/之后

二〇一〇年是我出道十周年。虽然不是因为这个，但我正在写两个计划做成单行本的长篇故事。其中一篇的标题是《瓢虫》，讲一帮杀手在新干线列车上对决的故事；另一篇是《夜之国的库帕》，讲的是一个虚构国度的故事。虽然不知道什么时候能写完，但是希望各位在店里看到这两本书时能关注一下。另外，我还参加了双叶社一个很有意思的策划“邮政小说”，正在写一个标题为《再见，黑鸟》的故事。二〇一〇年内应该能以单行本的形式出版。另外还有一些出书计划，说不定今年会出很多书。[①]希望大家能够以“毕竟是十周年嘛”这样的好意来理解这个行为。

我借以出道的新人奖——新潮推理俱乐部奖有个惯例是“最终评

① 加上这本随笔集，二〇一〇年一共出了四本书，是历史最高纪录。

选会当天把候选作者叫到作为评选会场的酒店去，让他们跟其他候选作者和编辑一起等候结果”。当时我还在软件公司工作，正好到东京出差。因为太害怕知道结果，我迟迟不敢走进被选作会场的酒店，只能在附近一边听随身听[②]，一边试图让自己平静下来。后来我好不容易下定决心走进酒店，发现跟我合作的编辑站在门口，对我伸出了手。我向他道歉：“对不起，我迟到了。”结果他说：“恭喜您。”我还没反应过来，就被他握住了手。后来，我跟他[③]合作了五本单行本，到明年就是第十年了。真是感慨万千。

《这部推理了不起！》二〇一〇年版

② 当时我听的是弟弟创作的音乐。不是我偏心，他的作曲和作词都很有特色，而且很酷。因为我那时一直在想，如果落选了，以后就不再写作，所以有种“一切都可能在今天结束”的感觉，心里特别紧张。

③ 他经常说：“范 · 达因认为，一名作家能够创作的优秀作品充其量只有半打。这句话非常有名。可是范 · 达因自己就证明了那句话的错误。”后来我又跟他合作出版了《哦！爸爸》，这就正好半打了。再后来，他调动工作，不再是负责我稿件的编辑。我不禁感慨：世事无常啊。

玩具公约[①]

妻子说："不入虎穴，焉得虎子。"我听得一头雾水，结果她是说流感疫苗。她想给小孩打疫苗，可是打疫苗必须上医院。然而，现在的儿科诊室里挤满了流感患儿。据传言，现在还流行肠胃炎。感染病毒的可能性并不为零。也就是说，想打疫苗就必须走进可能充斥着流感病毒的医院。果然是"不入虎穴，焉得虎子"啊。

"虽然有风险，不过还是要打了疫苗才放心吧。"负责这篇随笔的记者说。

"嗯，其实我们的确预约了打疫苗，只是儿子突然不愿意打针，又哭又闹的。"

"您孩子几岁了？"

"四岁。"

---

① 又是一年一度的"干支随笔"。今年我已经走到了放弃的边缘，想着，要不先联系记者，求他放过我吧？但是后来又想，我还是应该坚持到最后一刻，便加油写出了这篇文章。我时常想，自己手头的所有工作，可能就数它最让我劳心费神，拼上老命了（笑）。如果今后还有委托，我也想再努力一轮，只是结果不知会如何。现在还剩下五次了。不知二〇一一年一月，我是否还在写关于兔子的文章呢？敬请期待（笑）。

“根据《育儿宝典虎之卷》——”记者对我说，“那种时候家长一定不能提出交换条件。比如他乖乖打针，就给他买玩具之类的。”见我沉默不语，记者反应过来了：“难道您已经答应他了？”

说来羞愧，我最终没能说服儿子。虽然离预约的日子还有一段时间，可他一直坚持拒绝打针的态度毫不动摇，同时我脑中对感染流感的恐惧越来越强烈，实在抑制不住担心，终于忍不住对小孩说出了“只要你乖乖打针就给你奖励”的禁句。从那以后，小孩就特别兴奋，天天念叨“怎么还没到扎扎（打针）的日子啊”，那种兴奋俨然是在期待圣诞节。

“一旦引入了奖励制度，今后小孩就会变得只有得到报酬才会听话。”

“我就是一时没控制住……”

“常言道，口虎破身[1]啊。一时嘴快可是会招致灾难的。”

一点没错。因为流感疫苗要打两针，过后搞不好还要打日本脑炎的疫苗。小孩会对这些机会虎视眈眈。我听说在美国还有更多疫苗要打，不知别国小孩究竟有多少玩具。

几天后，我联系了记者。

“算了，我们不打疫苗了。”

“不能自暴自弃啊。”

“‘虎’死留皮，人死留名，病毒死了会留下抗体。”

“我听不明白。”

“其实还没等到打针，犬子就罹患了流感。”

就这样，“玩具公约”无疾而终。

《中日新闻》（晚刊）二〇一〇年一月五日

1. 口虎破身：日语惯用句，意为“祸从口出”。

五十六位人气作家大调查！

二〇〇九年印象最深刻的书：

吉村万壹先生的作品给我留下了深刻的印象。《用针扎你哦》让我爆笑又兴奋，《独居 45》则让我战栗不已。尤其是作中作《女人》，其气势让我为之倾倒。

除此之外，《芭蕾技工》[①]和《粘膜蜥蜴》[②]也都是杰作。

二〇一〇年的计划：

这将是我出道的第十年。准备与双叶社合作出版《再见，黑鸟》，另外可能还会再出几本书，请各位不要嫌烦，多多支持。

《活字俱乐部》二〇一〇年冬季刊

① 这是津原泰水先生的作品。他用笔描绘了一个别人无法想象的世界，我读完感到格外愉悦。

② 这是饴村行先生的第二部作品。其后，他获得了日本推理作家协会奖，而我就是评委之一，为此十分高兴。

武田幸三[①]这位格斗家

"能活着回到家人身边，我倍感欣慰。"

"我已经到了可以豪言不怕死的境界，此生无悔。"

二〇〇九年十月二十六日，横滨竞技场举办的 K-1 World Max 退役赛结束后，我在休息室附近碰到了武田幸三先生，并听到这番话语。当时他刚刚结束与阿尔伯特·克劳斯的对战，面部肿胀，看不出表情，但我觉得他应该是在笑。从他干脆的语气和平静的态度来看，他的话并非逞强，当然也不是自我安慰，而是发自内心的真情实感。

我不太熟悉格斗这项竞技。在电视上看到比赛我当然会兴奋，但是在认识武田先生之前，我从来没有踏足过比赛现场，也几乎记不清团队和选手的姓名。之所以跟武田先生认识，也是因为我写的小说里有个场景发生在格斗竞技场而打算向他取材。

① 我在前往治政馆为《沙漠》取材时第一次见到了武田先生。他实在是太酷了，看得我走不动路，后来还写了《末日愚者》里的《钢铁的 wool》。平时的武田先生很好玩儿，可是走上拳台，他又会表现出一种截然不同的酷。

介绍我们认识的人，是一直在为武田先生拍照的藤里一郎[②]先生。很早以前，我就经常听他说起“打跆拳道的武田幸三”。他说，“那可是在泰国的‘泰拳殿堂’迦南隆拳场获得过冠军的日本人。在那里得过冠军的外国人一共只有四个”“他实在太斯多葛[1]了，以至于没有人能说他斯多葛”“只有在他登台比赛的时候，K-1赛场才会呈现出后乐园表演大厅那样的热烈氛围”，等等。

在武田先生马上就要与K-1 World Max的播求展开对战，正每天忙于训练的时期，我来到了他所在的治政馆。当时场馆会定时敲响铜锣，谁也不说话，而武田先生则会独自训练，反复练习腿功，紧张感堪称恐怖，让我这个外人顿时感觉如入魔窟。我事先接到通知，因为快比赛了，武田先生无法亲自接受采访。只不过，可能是因为武田先生的一片好心，我们参观完毕后，获得批准在附近的家庭餐厅跟他谈话。那便是我们的第一次对话。

“我大学进了橄榄球队，一直住在宿舍里，一天晚上打开电视，上面正好在播放K-1的决赛，那个瞬间我想：啊，就是这个。于是，我

---

② 我在为《孩子们》这本书取材的过程中认识了摄影师藤里先生，当时他跟一位女性杂志的工作人员一同出现了。编辑说：“藤里先生创建了一个名为ATG的艺术联盟，还会做T恤呢。巧合的是，A、T、G都是遗传基因里的物质。”然后就聊到了那个联盟。当时我开玩笑说：“我正好要写一本叫作《蟋蟀》的小说，到时候请您帮忙制作T恤吧。”结果他马上跟我握手，还微笑着说：“真棒！这个合作就这么定了！”（笑）当天我在网上检索到了

（脚注续下页）

第二天就办了退学手续。”当我问到开始练习跆拳道的契机时，武田先生这样回答。

“啊，第二天就退学了？”

“是啊。当时 K–1 只有重量级，我连怎么参赛都不知道，但就是有种感觉，知道自己明年会在这个大赛上获得冠军。除此以外，我什么都没有想。”

我知道不应该笑，但还是忍不住笑了。因为我感觉他退学的态度就跟辞掉兼职一样干脆。

“然后我就翻开电话簿，开始寻找训练馆。正好治政馆的广告打得比别人大一些，上面还提到了前日本冠军长江国政，我当时就决定了：‘就这儿吧！’”

“武田先生最高兴的一刻是什么时候？”

我坐在家庭餐厅里，提出了这个问题。我总爱对别人提问，连我自己都不太清楚为什么。我丝毫没有考验别人的意思，只是单纯地想：

ATG 的主页，上面赫然挂着“决定合作！”几个大字，我顿时慌了神，这没问题吧？后来我们就开始有来往了（笑）。他替我拍了《死神的精确度》这本书的照片，又因为是武田先生的官方摄影师，他还把我介绍过去了。因此，在工作上我也受了他不少关照。

“人（我）活着究竟何以为乐呢？”“工作中该抱着什么目的呢？”可能因为这样，我才想听他人的答案，以此作为自己的参考。

武田先生想了一会儿，对我说：“比赛后朋友发消息给我，说‘今天的酒真好’的时候。”

我再一次不知该不该笑，最后还是忍不住笑了出来。他的回答很简单，也很令人舒心。“打赢比赛”和“打了一场好比赛”固然很好，可是没想到他最先说出来的竟是“观众的心情”，这让我甚为感慨。

“那么最糟糕的一刻呢？”我刚问出口，武田先生马上就回答了：“就是刚才那个答案反过来。打完一场比赛，让别人觉得今天的酒不好时。”

武田先生的态度始终如一，而且他还说：“（长江）老师就是这么想的。关键在于让观众兴奋起来。要是打了一场无聊的比赛，就算赢了，别人也会说，‘你要是一直这样，干脆下台吧’。”

通常我们经常会听到两种说法：

——因为是专业的，就该留下成果。能赢就行。

——因为是专业的，如果不让观众高兴，那就没意义了。

我认为，每个人都有不同的立场和不同的信念，所以才会坚持不同的说法。

一直以来，没有人能判断何者才是正确的。

当然，“打一场有意思的比赛，并且打赢”是最佳结果。

问题在于次佳。究竟哪一种更优先？

是“虽然打输了，但是比赛有意思”，还是“虽然比赛没意思，但是赢了”？

一定不存在正确答案，也可以说两者都是正确答案，或许寻找这个答案一点意义都没有。只是，看了武田先生的比赛，听了武田先生仰慕的人说过的话，我会忍不住思考这个问题。

第一次见面后，我在电视上观看了他与布卡奥的比赛（也就是没去现场），那种紧张感透过屏幕穿透出来，让我几乎无法呼吸。布卡奥仿佛全身都装了弹簧，并且脚步轻盈。与之相对，武田先生则底盘稳固，一点点贴近对手，用大斧一般的低空扫腿，一下一下地发出注入了灵魂的进攻。不过两个人在台上都用了泰拳，这反倒产生了一种互相吸引的力量，这就是比赛给我的感觉。（虽然我这个不懂格斗竞技的人做出这样的评论未免有点大言不惭。）结果裁判判定武田先生落败。我身为观众，当然是看到他胜利会更高兴，尽管如此，我还是得到了满满的幸福感，直到现在都会产生这样的心情：话说回来，那场比赛是武田先生输了呀。

不久之后他在 K-1 World Max 跟安迪·萨瓦打的那场比赛也让人印象深刻。第一轮，武田先生的低空扫腿奏效，看似占据了上风，然而进入第二轮，萨瓦的拳势逐渐增强，最后把武田先生逼到了角落。紧接着，萨瓦连出好几拳，武田先生双手格挡，最终还是被萨瓦用一个勾拳（大概是吧）给 KO 了。我心里模模糊糊地想着：好可惜啊。但是在电视回放最后的 KO 画面时，我又吃了一惊。

电视上用慢动作反复回放了萨瓦出拳的画面，他的猛攻来势汹汹，武田先生也有点招架不及。这是我本来的感觉。但实际并非如此。武田先生原来在格挡的同时始终等待着反攻的时机。然后他瞅准萨瓦拳势停止的瞬间撤掉格挡，双眼闪出“就是现在”的凌厉光芒，挥出左拳试图攻击萨瓦。尽管只有短短一瞬间，他的凌厉目光和手部动作还是清晰显示在了画面上。可是萨瓦的拳比他快了一瞬。武田先生出拳之后被击中下颌，倒地不起。那一瞬间发生的动作，在慢动作回放中突出地显示了出来。

太可惜了。这么一说的确可惜，但我也有种难以用那个词来表达的感慨。

为什么武田先生的拳没有先打中呢？或许只是一瞬，只是一层窗户纸的差距，倒下败北的人成了武田先生。在格斗竞技中，仅仅一层窗户纸的差距可能也显得无比巨大，可是武田先生在如此猛烈的攻势之下，还能在最后一刻抓住逆转的机会，这又让我全身都兴奋得震颤起来。

森泽明夫先生为跆拳道拳手武田幸三创作的非虚构作品《最后的武士》中有这样的一幕：

武田在拳台一角脱掉长袍。

他上半身满是闪闪发光的汗水。

一名观众在他身边大声高呼。

“武田！让我见识见识人生！”

比赛还没开始，有的粉丝已经喜极而泣。

拼命练习，来到比赛现场，即使被逼到绝路也想尽办法抓住逆转的机会，在转瞬即逝的时机中奋起反击。可是，没有打中。为什么？他很想逼问某个人。为什么没成功？这就是人生的常态。为什么不顺利？为什么如此努力却得不到回报？为什么他成功了，我却失败了？为什么？这样的疑问充斥着我们每天的生活。

“对了，有句话我想先说明。”前些天我碰到武田先生，他苦笑着说，“大家好像觉得武田幸三打拳从来不讲究胜负，其实我可重视胜负了。”他一脸为难，“为了打赢，我跟老师做了好多研究，还进行了合理的训练，就是一心一意地为了打赢才站到拳台上的。虽然有时候结果是失败，可若是我不追求结果，那不就成自暴自弃了吗？”说到这里，他虽然满脸笑容，但还是很认真地强调，“真的必须要赢，这点我很清楚。”

我听完他的话，还是忍不住笑了笑。被他这么一说，“不在乎胜负”的确是挺失礼的话。

退役比赛③的结果是武田先生被TKO[2]。我感觉那是头一次看到武田先生挨了低空扫腿跪在地上，同时又想，我好像从未见过这样的KO场面。

“比赛还没开始，我的眼睛就不行了，完全看不到。”后来，武田先生语气平淡地说道。

根据上文提到的《最后的武士》的记载，武田先生在获得日本冠军后，从第一次卫冕战时期开始，左眼就看不见了。“不过那只是借口。”武田先生虽然这样说，但是连我这个外行都能想象，在一只眼睛看不见的状态下跟K-1级别的格斗家对战有多么困难。“因为拳头会模

---

③ 退役比赛时，我像平时一样穿着便装去看了，在休息室见到武田先生，被他说了一句:“你一点气场都没有。”（笑）因为我本来就没什么气场啊。我打算跟他打声招呼就走，当时恰好看到一个身穿黑西装、气场十足的男人和一个目光锐利的年轻人来跟武田先生打招呼。我不禁感慨，原来世界上真的有会散发出气场的人啊，他们应该是演艺界的人吧。后来我问跟我同去的藤里先生：“刚才那个气场十足的人是谁呀？”他回答：“是经常来看比赛的

（脚注续下页）

糊成两个，所以两个都要躲开。”“全靠直觉啊。”武田先生曾经这样笑着说。

几年前，我得知他接受了眼部手术准备重新振作，结果在退役比赛的时候还是看不见。一想到这位格斗家波澜壮阔的一生，我就忍不住发起呆来。

最后那场比赛的结果当然不是我（我们）期待的最佳结局，但似乎也不是最差劲的、让人大失所望的结局。

看了那场比赛，我依旧感觉自己获得了某种说不清的力量，觉得自己能来给武田先生加油打气，真是太好了。

随后，我又开始思考那个问题。

对职业运动员和格斗家来说，最重要的究竟是什么？是比赛结果，还是让观众高兴？

武田先生的退役比赛过去一个月后，我渐渐得出了答案。

那天，我碰巧翻开早报，看到了诗人谷川俊太郎先生的访谈。谷川先生这样说：

烤肉店大哥。”于是我又想，世界真大啊。

古池塘，青蛙蓦跳入，水声响。

芭蕉这个俳句里没有任何信息，甚至等同于没有意义，但是传达了一些东西。④

我猜他想说："诗就是这样的存在。"读了这段话，我首先想到自己的工作。小说不也一样吗？我写的虚构故事并没有包含"你要这样生存"的说教，也不存在"我想表达这种思想"的详细主题。可是虽说如此，若只是"闲来一读，读完便了"，却也好像少了点什么。其实我时刻都在祈祷，希望自己的作品不会变成那样。我希望能让读者们有一种仿佛一块陨石落到自己头上那样的说不清道不明的感觉。我觉得，电影和绘画应该也一样，后来又想，武田先生的比赛一定也是如此。

他坚持刻苦训练，拼尽全力反复出脚的动作并没有传达出明确的信息。他没有表达"你们要锻炼身体""你们要像武田幸三这样生存"。只不过，他确实向我们传达了某种抽象的"东西"。

就连比赛前的登场也是这样。无论哪一场比赛，武田先生都会与

④ 我很喜欢谷川俊太郎先生的这段话，在各种文章里都引用过。

长江馆长一道穿过走道，迈向拳台。许多选手会在拳馆同伴的簇拥下，或是许多教练的包围中入场，可是武田先生却慢悠悠地静静地走向拳台。我特别喜欢那个场景。光是看到那个场景，我有时就会泛起泪光。不仅是我，别人也会说："那真是让人忍不住流泪啊。"我们都会奇怪："为什么看到那个场景会流泪呢？""只不过是两个人登场而已啊。"

我想，那个场景里一定也有着不同于信息的某种"东西"。

"无论胜败，大家都会成为武田幸三的粉丝。"

以摄影师藤里先生为首，好几个人都说出了这句话，可见其真实不虚。能够达到这个境界的人一定不多，所以武田幸三这位格斗家应该是位极为少见的人。

Number PLUS 二〇一〇年四月号

1.斯多葛：由芝诺创立的哲学学派，讲求理性克己。日文语境中常用"斯多葛"来形容理性甚至有些禁欲的人。
2.TKO：技术性击倒。指选手虽然没有被击倒至失去意识（KO），但本人、教练或裁判判定不适合再继续比赛的情况。

三谷龙二的另一个世界

我清楚地记得大约七年前的“那个时刻”。当时我的长篇作品《重力小丑》正要发售，我与编辑相约在仙台车站附近的宾馆酒吧碰头。现在回想起来，那部作品难免有些稚拙，但是我在其中融入了（对小说的）所有感情，之所以辞掉工作，也是为了将这部作品打磨成我最满意的形态。当时我心里有种模糊的觉悟：如果这本书卖不出去，那我可能就彻底完蛋了。不，那算不上是觉悟这种光明正大的东西，可能只是胆怯而已。整个吧台只有我们两人，当时编辑从包里拿出了三谷龙二先生的作品（准确来说应该是照片）对我说：“负责装帧的人看完作品后，立刻就想到用这个做封面了。”①照片上有个貌似人偶的小东西，跟貌似木纹的背景搭配在一起。小人飘浮在空中，背后的门开了一条缝。那张作品很美，而且融入了幻想。可是，如果只是美丽的幻

① 听说负责装帧的设计师一看到标题就推荐了这个作品。编辑很高兴地告诉我：“那位设计师说，‘在读这本书之前我就相信它一定会和三谷先生的作品很相称，读完之后，这种相信变成了确信’。这完全剽窃了松坂大辅[1]的发言嘛。”当我在酒吧里第一次看见即将成为《重力小丑》封面的画（照片）时，真的特别感动。那幅画给人的感觉温柔而坚强、粗糙而可爱。不过似乎有人提出了各种意见，比如这幅画用在娱乐小说的封面上显得过于平平无

（脚注续下页）

想，可能还不足以打动我。那张作品在融入幻想的同时，似乎又与我们现在生活的地方、充斥着平凡的辛劳和烦恼的日常紧紧结合在一起，所以我才格外感动。在普通而平凡的世界中浮现出一个从未听过的故事，这正是我希望写出的小说。

回家路上，我感到特别幸福。当时那只是装帧方案之一，之后有可能因为出版社的意见而换成不同的封面。不过，即使只有一位设计师认为，“三谷先生的这张作品适合用作《重力小丑》的封面”，也足够让我感到幸福了。即使出版时换成别的封面，我也能单靠这个事实高兴好久。我心里不禁这样想，回家后也对妻子发表了这个感慨。

最后，书的封面真的定为了三谷先生的作品。② 我自然非常高兴，而且这部作品也让我的知名度提高了不少。当然，我可谓拼尽全力写了那部小说，自然希望作品的内容能让读者得到快乐。但不可否认，无名作家的书要送到许多读者的手上，的确需要依赖一些“魔法”。除了作者与编辑的努力和出版社的用心，如果没有这么一点“魔法”，还真的完不成如此壮举。七年前的《重力小丑》，就因为三谷先生的作品

奇，封面应该换成夸张的插画才更吸引眼球之类的。

②《重力小丑》以后，我在新潮社出版的小说，无论是单行本还是文库本，全都使用了三谷先生的作品作为封面。连这本随笔集的封面也使用了三谷先生的作品[2]。真是太感谢了。

得到了那种“魔法”。我坚信是这样的。

三谷先生的作品究竟有什么魅力呢?

首先，我感觉到的是静谧。悠然流动的时间，寂静无声的空间。而且那种静谧中还感觉不到逃脱现实的消极和自我封闭的沉闷。作品内的人偶时而在寻找什么东西，时而在搬运什么东西，时而意图前往什么地方，我觉得，它们都具有做出某种行动的意志。

接着，我感觉到的是怀旧。这与陈旧和乡愁并不一样，而是性质略不同于田园风景照片的怀旧。三谷先生的作品总能让我发现以前从未见过的、奇妙而新鲜的光景，同时又倍感怀念。可以说，甚至能让我感到一种亲和性。这就好像每个人内心共通的心象风景被做成了可视的东西，因此带有这种感觉。

这次，我在三谷先生创作的《我的生活散步》中看到了这样的描写，“我不喜欢自己生活的空间过于精致。我的意识十分敏锐，对细小的声音和异物的存在都过于敏感。那会让心感到憋闷”“我认为，让心网的网眼更疏松些，也是十分重要的事情”。

原来如此。为了不对异物的存在过度敏感，应该把心网的网眼放开，以免变得过于精致、细腻。或许正因为创作者在创作时关注到了这些，才能创作出“安静而不沉闷”“描绘出未知世界的同时具备亲和性”的奇妙作品。

另外,《我的生活散步》中还有一篇以《手》为题的文章这样写道，“曾经用来烹饪食物、制作工具和衣物的双手，现在只用来消费了”“尽管如此，我们还是会伸长双手，试图触碰前方看不见的真实。那是为了触碰我们生活的这个世界”。

用手触碰的感觉——“触感”充斥着三谷先生的作品。它与电脑制作出的特效不一样，带有一种“用手触碰世界”的感觉。可能正因为如此，仅仅是凝视那些作品，就让人感觉自己能够触碰到“看不见的真实”。

我久违地拿出《重力小丑》，再一次凝视封面。小小的人偶既像高高跃起，又像骤然下落。但最重要的可能并非“运动方向”。这个小小的“某人”或许正在拼命地伸长双手，试图确认自身的存在，也试图与现实社会产生交集。我在一旁看着，忍不住祈祷：“哪怕只有指尖也好，希望你能触碰到。”我想，这正表明了我七年前在创作这部小说时的心情——希望能够“传递出去”。

《艺术新潮》二〇一〇年六月号

1. 松坂大辅：日本职业棒球选手，被称作“平成的怪物”。“相信变成了确信”是他的名言。
2. 指本书日文文库版。

2010年

《余生皆假期》假期与自动挡

232

当我接到委托，要我写一篇以“开始、开端、出发”为主题的短篇时，我心想：要是写成开朗积极的故事，肯定不太好吧。我说不清为什么，可能是我感觉小说应该激发人们不知明暗、不知悲喜的感情吧。如此这般，我当时构思内容的时候，就想要一个既包含重新开始的心情，同时又混沌不安，很难分辨是积极还是消极的故事。

另外，在构思这个短篇[①]的时候，我正好在为一直忙于创作的长篇收尾，脑子里反复回荡着咒语一样的想法：好，等这个工作结束了就休息一段时间吧。不，干脆今后一直休息好了。放个长假。结果作品的标题就成了这样。可能是个人喜好问题，我比较倾向于把汉字和片假名强行结合在一起的标题。在选集中与多位作者“同台献艺”的话，我就会特有干劲地想：“先从标题开始博取读者的关注！”这是我最近

① 这里说的是为 *Re-born* 这部选集创作的短篇《余生皆假期》。这里虽然提到“倾向于”，然而标题是“汉字＋片假名”这种形式的短篇也就只有《透明色北极熊》和《浜田青年来访记》（笑）。这两篇都被收在选集里，可见跟其他作家“同台献艺”时，我真的倾向于使用这种标题。

的自我发现。换言之，创作这个短篇的时候，我特别有干劲。

至于这个故事的内容是如何丰富起来的，我已经记不太清了。

我只记得两点：第一，此处登场的“承包犯罪的工头”的人物姓氏“沟口”取自电影导演沟口健二；第二，后半部分登场人物提到了“自动挡杆”的那句台词，因为我本身被每天的工作和尚未习惯的育儿生活搞得焦头烂额、头昏脑涨，一想到不久之后的事情就会慌了手脚，只想抛下一切逃离，真希望有人对我说，“不要气馁，只要从自己能做到的小事开始，一步一个脚印向前走就好了”，所以才会想到那句台词。虽然是我自己写的，不过直到现在，我偶尔在几乎就要陷入精神恐慌的时候想起那句台词，就会渐渐平静下来。我不知道各位读到那句话会怎么想，但从这个意义来说，这个短篇对我很重要。

说个题外话：短篇中登场的“沟口”因为写得比较顺手，我还请他当了另一个短篇《盘检》的主角。[②]

《我眼中的*Re-born*》《实业之日本社文库0号》

二〇一〇年九月

② 不久前我刚写了一个名为《超光速粒子战争》的短篇，里面也有沟口君登场。

2010年

第十年的思考[①]

很久以前，我看到佐藤亚纪女士的博客上写了这样一段话：

> 所谓小说，就是在用某种风格去讲述 Fabula 时，通过这一行为实现审美价值的艺术。假设 Fabula 是既定的路线，风格是具有一定规格的车辆，成为评判对象的既不是尚不能行驶的路线，也不是尚未开动的车辆，而是起步之后的行驶状态。

Fabula 可能是指“故事”“Story”吧。从我连单词都不认识这个事实中可以看出，我并不能正确理解这篇文章。尽管如此，我还是经常想起它。

其实就在不久前，我正边走路边想事情，脑子里突然冒出了“小

① 这是为《野性时代》特辑所写的随笔。当时给我提的要求是“随便什么内容都行”，可是我对任何随笔都不太拿手，脑子里只浮现出了正在饲养的大锹形虫，以及文中这些内容。同一期《野性时代》还刊登了我的访谈，所以接受采访时，我谈的也是这些。采访结束后，记者对我道别，当时我就决定写下这篇随笔了。于是我慌忙联系负责人对他说：“刚才我提到的把读书比喻成旅行的部分，我想写成随笔，能不能麻烦你删掉访谈里的那段内容？”

（脚注续下页）

说应该就是这种东西”的想法。那可能跟佐藤亚纪女士的描述有点相似，也有可能全然不同（我连判断都做不出来），姑且写在这里。

用一场旅游、观光或是驾车兜风，总之是用旅行来替换读书这个词。如此一来，作品就成了提供这场旅行的人（同行人）。

由“某寺”“某疗养地”这种旅行中踏足的地方，也就是观光地，串联起来的“路线”，便相当于故事（情节），至于文体和表现手法，则是旅行中使用的交通工具的种类，或是旅行的方法。

只要旅行路线（情节）设计得当，参加者就能获得一定的满足感。旅行结束后，参与者也很容易发出“那座城真好看”“漂流真好玩儿”“要是最后能去看看那个湖就更好了”“一路都在看庙好单调”等感想。

在阅读娱乐小说时，最理想的状态应该是乘车顺畅地游览遍布着观光景点的路线。游客们坐在观光大巴上，一路畅通无阻，还有导游仔细介绍：“各位请看右边，那是海拔 ×× 米的 ×× 山，那里的红叶格外美丽。”如此游览下来，就会很轻松，感觉不到压力。如果是驾驶跑车驰骋在景点之间，想必也分外畅快。在这种情况下，旅行后留下

过了一会儿，对方回复：“访谈稿编撰者说没问题！”真是太感谢了。对于撰稿人的随机应变，我不禁更加钦佩了。

的感慨应该不太多。（倒或许会有“车上的导游好漂亮！”之类的感慨。）换言之，这种讲故事的方式，只不过是对主要情节的一个串联而已。

与之相对的，还有不乘坐汽车的方法。比如骑自行车旅行。参加者亲自蹬着踏板，遇到坡道还要抬起屁股左右摇晃身体，有时不得不跳下车来用手推着前进。还可以徒步旅行。这些旅行方式与乘车旅行的速度感不同，参加者也必须付出一定的劳动，能够游览的路线自然也受到了限制。距离太长不行，景点太多恐怕也很困难。完成这种旅行之后，能够讲述的应该主要是慢慢前进途中体会到的微妙的景色和天空颜色的变幻。我感觉，纯文学就像这种慢悠悠的旅行。也就是说，此时故事情节已经不再是重要的因素（虽然不至于完全没用），“虽然路线挺无聊的，不过旅途很快乐”也成为可能。

当然，问题不在于孰优孰劣。②

在思考这个问题的时候，很容易倾向于认为“凭自己的力量骑自行车、凭借自身的感性欣赏景色的这种平凡之旅”更为高级，继而认

② 我认为，“情节”和“讲述”没有优劣之分，两者都很重要。就像谈论音乐的时候，歌词和演奏不存在哪一方更重要的概念，两者都可以决定音乐的好坏。有时候歌词不好，但不妨碍人们感叹演奏真棒，反之亦然。小说应该也一样。只不过，我还是觉得只要演奏得好，无论唱什么都无所谓，所以我可能更喜欢这样的小说。大多数人在判断小说是否有趣的时候，好像会把重点放在“情节”上。因此，我有点想替另一边说说话，告诉大家“讲述”的部分也很重要。

为提供这种旅行的难度更高，但事实并不一定是如此。在写作者的立场上，他也可以让读者骑自行车走完无聊的路线，并放言“如果你无法享受这段旅行，只能怪自己的肌肉力量不足，欣赏方法有问题”。

进一步讲，准备一场“舒适的大巴观光之旅”（贯彻娱乐性）并不容易。假设参加者是资深的游客，极有可能失望于“这些景点我都去过”，因此要考虑如何选择有吸引力的景点，考虑游览的顺序，提供一条尽善尽美的路线（情节）。

我读小说的时候（参加旅行时），本来应该是骑车参观的旅行，却时常用上乘大巴观光的欣赏方式，然后觉得“都没看到什么景点，好无聊啊”。或是在一个乘大巴观光的路线中，满脑子想着“所有的庙都长得差不多”，而不去欣赏周围的景色，产生一种类似狡辩的感想：“缺乏那种靠自身力量完成旅行的成就感啊。”我作为参与旅行的一方，可能对它产生了误解。

想到这里，我尝试自问：“我到底想提供什么样的旅行？”但是没有答案。我觉得脑中似乎存在两个自己，一个说：“我想提供有刺激性的、令人快乐的景点，让参加者愉快地游览。”另一个说：“我不想提供任何风景名胜，但依旧可以让旅途充满快乐。”（不仅是这里，基本上所有时刻，我脑子里都有两个自己。）

这对其他人来说可能稀松平常，可我却是在出道第十年才终于对它有了一点模糊的理解。不知下一个十年我会思考什么，发现什么，总之，我希望自己能够努力到那个时候。（但首先我希望自己能健健康康的啊。）

《野性时代》二〇一〇年十一月号

我的“杀手锏”

二〇一〇年，我出版了三本书（小说）。要我说的话，这些小说都是些读起来很轻松的故事。（不过我的书基本上读着都很轻松。）

目前我正在创作单行本《夜之国的库帕》，这本书虽然进展艰难，但准备写一个关于从猫的视角讲述的虚构国度的故事。[①]如果要分类的话，它大概属于读起来不是很轻松的（我喜欢的）故事。

另外，我还准备在《朝日新闻》的晚刊上开一个新连载[②]，具体时间还不确定。这个故事借用了一辆私家车的视角，目前还不知道读起来是否轻松，但我希望能写成一个快乐的故事。

---

① 其实那个时候稿子根本没写完。因为太难写，我重写了好多遍。那是我唯一一次在创作过程中经历大地震，所以那次灾害对小说情节也产生了影响。

② 这里是指《汽油生活》。当初我打算写成以“何谓自我”“何谓机械的话语”这种严肃而艰深的故事，可是经历了大地震，我开始觉得不用写那种高高在上的东西，只需让读者高兴就好，于是成了现在的形式。

另外，二〇一〇年十二月（也就是《这部推理了不起！》发售后不久），我将与新潮社合作出版随笔集[③]。

《这部推理了不起！》二〇一一年版

③ 也就是本书。原本是十周年纪念，到文库版出版时已经成了十五周年纪念了。真是时光飞逝。

兔·骗子的故事①

动物常常在故事和童话里登场，兔子就是其中之一。最具代表性的应该是“龟兔赛跑”的故事，而我时常想起的则是日本传说“咔叽咔叽山”。

坏狸猫伤害了老婆婆，兔子得知此事，主动站出来替老婆婆报仇。我小时候看到兔子用泥船惩罚狸猫的情节，顿时特别痛快。不过到了最近，我开始关注故事的另外一部分情节。那就是兔子用火石点燃狸猫背的枯草时和狸猫的对话。

狸猫问：“我背后怎么传来了咔叽咔叽的声音，那是啥呀？”兔子面不改色地骗它：“那是咔叽咔叽山的咔叽咔叽鸟在叫。”枯草点燃后，狸猫问：“我听到了轰轰的声音，那是啥呀？”兔子若无其事地说：“那是轰轰山的轰轰鸟在叫。”狸猫信了它的话，结果背部被烧伤了。

---

① 又是每年让我脱掉一层皮的“干支随笔”（笑）。不怕老实说，“干支随笔”有几种模式。用“关于那种动物的小知识”“有那种动物登场的童话”“跟那种动物有关的俗语”开篇，最后以冷笑话结尾。这不是我自己设定的，不过回头一看，发现自己只能写出这些模式来（笑）。今年用的是童话模式。都已经写到这个份上了，我是带着“绝对要写完一轮”的决心在动笔。上一年出版了这本随笔集，有个街坊读了，担心地跑来问我：“您今年的‘干支

（脚注续下页）

我以前很不解，疑惑狸猫怎么“听到那种解释就真的信了”？但是，现在我的想法有了一些改变。

我开始想，人这种生物，是不是一得到解释，就会盲目地放心呢？

我们总在寻求解释。如果发生了可怕的案件，会想知道凶手的动机是什么。如果异常气象持续不断，也会希望有人站出来解释理由。反过来说，只要得到了像模像样的解释，我们就会暂时放下心来。

我们不时会看到“女性不知对方已婚便与之交往”和“人们对一项明显很荒唐的项目进行投资导致损失惨重”的报道。面对这些事，单单说一句“怎么连这个都有人信”是很简单的，但也很无聊，所以我想再多畅想一下。我想，只要不是非常可疑的情况，人恐怕都会很容易就接受解释。

我在公司上班的时候，也曾听到“因为你很优秀，所以被分配到了这个部门”的说法，心里还有些得意。但后来发现，其实是因为我是新来的，加班费可以少给一些，并因此大失所望。由此可见，轻易接受解释有好有坏。

随笔’写出来没？”我记得可清楚了（笑）。

写到这里，我把稿子发给记者，他马上打来了电话："伊坂先生，你的这篇随笔到底想说什么？"

我编造了一个说法："是为了劝谕人们听他人的解释时不要囫囵吞枣，以防遭到诈骗，提醒人们提高警惕。"结果记者回了一句冷笑话："原来如此，是用'囫囵吞枣'（unomi）和'诈骗'（sagi）来组成'兔子'（usagi）啊。"

《中日新闻》（晚刊）二〇一一年一月五日

五十四位人气作家大调查！

二〇一〇年印象最深刻的书：

阿部和重的《手枪》[①]。这是一部兼具文学本身的庄严与现代性的杰作。我佩服得五体投地。

船户与一的《流火的彼方》。

逢坂刚的《彷徨的脑髓》。时隔十几年再读，还是很愉快。

戴维·洛奇的《大英博物馆在倒塌》。阅读过程轻松愉快，而且颇有收获，特别享受。

二〇一〇年印象最深刻的事：

我出道十年了。虽然感觉不太真切，但是松了口气。

---

① 读完《手枪》，我第一次见到了阿部先生，我们俩一下就意气相投。当时我们就谈到了"要不要一起搞点什么"，没想到后来竟一起合著了《霹雳队长》，真是出乎意料。

二〇一一年的计划：

我计划与东京创元社合作出版长篇小说，题为《夜之国的库帕》。

另外还有报纸连载。我还准备开始写《死神的精确度》续篇[②]和其他作品，只是不知结果如何。

《活字俱乐部》二〇一一年冬季刊

② 这里是指《死神的浮力》。写短篇的话容易变成系列作品，我不太想那样，所以从一开始就决定“还是写长篇吧”。

劳伦斯·布洛克《杀手亡命》解说①

在“杀手凯勒”系列的第一部作品《杀手》的译者解说中，田口俊树先生这样形容这个系列，“若论故事本身，说句不好听的话，每个故事都不太出彩”“那么，这些故事读来会很无趣吗？实则不然”。

我看完的感想是：“一点没错。”这正是该系列的魅力所在。

如果只看故事情节，的确哪个都“不太出彩”。但是希望各位仔细想。这部作品的主人公是一名杀手。所谓“杀手”，就是以“夺取宝贵性命”为职业的人。世上恐怕没有人能比这种人更可怕，更不寻常了吧。也就是说，只要杀手登场，故事情节就会发生巨大的起伏，同时产生悬疑和动作情节。如此本是理所当然，可是“杀手凯勒”系列却被写成了“不太出彩的故事”。这种说法看似矛盾：这样的故事绝不可能是“不太出彩的故事”。

① 一般我都不接解说的工作，但是只要是打海文三、佐藤哲也的作品，以及劳伦斯·布洛克的“杀手凯勒”系列作品，我都会答应。所以写这篇解说的时候，我有种期盼已久的感觉。今后只要不是非常特殊的情况，我基本上不会再写解说了。

可能正因为如此，当我思考“杀手凯勒”系列的魅力时，不禁会想：“情节（故事）对小说来说究竟起到了什么作用呢？”

故事情节当然是小说的一个要素，就像歌曲里的旋律一样。美丽的旋律、愉悦的旋律能够吸引人，使曲子更容易得到传播。同理，有趣的故事情节也能使小说得到更多人的阅读。（可能是因为具有趣味性的情节更容易被解释。）

只是，小说并非仅由情节构成。音乐的魅力也不单在旋律。节奏、音韵，以及演奏的热情都是重要因素。同理，小说除了故事情节，还有讲述的方式、文章的韵味、对话的趣味性，以及与情节没有直接联系的登场人物的思索，等等。这些因素结合起来，才构成了一部作品。因为我们无法否认一个事实：旋律好记的曲子往往容易腻味。

正如上文所言，“杀手凯勒”系列的故事情节并不怎么出彩。其中虽然也有曲折，但很难称得上是主调。总结凯勒的行动，就是从德特那里接受委托，离开纽约完成刺杀工作。基本上就是这样。虽然中间会出现认错人、接到意想不到的委托等有意思的情节，可是占据大半篇幅的文字都在讲述凯勒在完成刺杀之前的日常活动。他会调查目标人物、到商店收集邮票、跟别人对话、陷入沉思，这便是绝大部分内容。凯勒杀人的场面基本上只用两行字来描述，作者却会用将近四页的篇幅描写杀手“我是不是该把固话的密码换掉，换还是不换呢”的烦恼。

这种“毫不出彩的故事”，却构成了独一无二的小说。

“故事情节”也可以说是带领读者不断前进的“引擎”，在这个意义上，“杀手凯勒”系列可以说是没有引擎的滑翔机。（虽然如此比喻，我自己却从未坐过滑翔机。）

迎着风在空中盘旋（其实我并不知道滑翔机会不会盘旋），一点点降落下来（这应该是真的）。因为没有引擎，所以并不知道何时能够到达地面。那么，这个过程会无聊吗？怎么可能！滑翔机上的景色如此壮美，相比到达目的地（享受情节的乐趣），飞行过程才更让人感到无比幸福。而且，如果一个人的目的是尽快到达目的地，那么他根本不会乘坐滑翔机啊。

所以，当我阅读“杀手凯勒”系列时，总会感慨“我可以一直读下去，永远不停下来”。它的故事不明确，也不存在简明易懂的感动。进一步讲，它并没有细致入微地描写人的心境，也没有表达人的苦恼。一些让读者感到“这人挺不错”的人物，到最后往往被凯勒干脆利落地杀了，以至于读者无法产生共情。我经常在感伤“为什么要杀了这个人”之后，马上转念一想，“不过，凯勒是杀手，其实也理所当然”，而这就是我给自己制造的借口。哪怕是这样，那个幸福的、悠闲自在的凯勒还是让人讨厌不起来。我反倒更喜欢他了。

接下来该讲讲这本《杀手亡命》了。②为此，我要先讲讲四年前出版的作品《刺杀游行》[1]。

且容我提一件私事。当时我刚刚出版了题为《金色梦乡》的长篇小说，其讲述了一名送货员被冤枉为在游行庆典上刺杀首相的凶手，不得不在仙台市内逃窜的故事。而《刺杀游行》正好也在那个时期上了架。于是，我马上拿了起来。那虽然是一部系列短篇集，但可以跟

② 我真的很喜欢“杀手凯勒”系列，特别容易被里面的语言影响到，而且觉得这本《杀手亡命》特别有意思。只不过最近这个系列刚刚出了新书，所以《杀手亡命》不再是凯勒“最后的工作”了（笑）。

以前的作品一样，把它当成讲述杀手凯勒生活、工作和心境变化的“长篇”来读（人的一生看起来就像是由每天发生的各种小事堆积而成的，其本质或许可以说跟长篇连续剧一样）。

“9·11”事件给凯勒的精神造成了一点儿（“一点儿”这个词的使用甚为绝妙）影响，于是他成了在袭击现场为救援队提供餐饮服务的志愿者，并开始对杀手这个职业产生疑问。这部小说作为“没有引擎的滑翔机”，依旧魅力十足，平淡的同时充斥着趣味，让人深深沉浸其中。我不禁长叹一声，心中憧憬着：“要是我将来也能写出这样的小说就好了。”

然后，当我读到卷末的译后记，不由得吃了一惊。

因为文中介绍了“杀手凯勒”系列在本国的最新作品，梗概如下：

凯勒正在考虑金盆洗手的时候，接到了一份工作委托，决定把它当成最后的工作。（其实那个委托是为了让凯勒背上杀害俄亥俄州州长的黑锅而设下的圈套。结果凯勒果然中了圈套，遭到全国通缉……）

这跟我当时刚刚出版的《金色梦乡》的情节完全重叠了。当然，

"因为被冤枉为重大案件的凶手而被迫逃亡"这种情节可以被称为娱乐小说的王道(所以我刻意挑战了一番),因此我并没有惊讶于两本书有相同的桥段。只不过,一想到劳伦斯·布洛克跟我在同一时期创作了情节相似的作品,我就感到兴奋不已。这就好像两个人在相隔甚远的两个地方合作完成了同一份作业一样。(我已经交作业了,你呢?)

我本身就受到了劳伦斯·布洛克极大的影响。[③]这次重读"杀手凯勒"系列,我总是惊讶地发现:"原来我模仿了这个细节啊。"或是"我那部作品的创意原来出自这句台词啊"。既有明显模仿的地方,也有碰巧写得一样的地方。现在想来,我在创作《重力小丑》时,脑子里可能带着"我想用劳伦斯·布洛克式的语言来描写家人和亲情"这样的想法。大言不惭地说,我还产生了"这个作家跟我的想法一致"的感觉,(布洛克描绘了纽约的故事,而我则把舞台设在了仙台。)所以,看到情节相似,我真的很高兴。(连对于本书中出现了一个"奥杜邦公园",我都感到特别高兴。因为我的出道作就叫《奥杜邦的祈祷》。)

③ 劳伦斯·布洛克先生访日的时候,我有幸见到了他,同时还见到了译者田口俊树先生。那真是我能够珍藏一辈子的记忆。只不过,那种时候不会讲英语真的很遗憾啊。我几乎没能把自己的感想传达给他。

只不过，我读完《刺杀游行》的卷尾解说，惊讶于此书不仅与我的作品相似，还包含了别的令我兴奋的因素。

读完里面的故事介绍，我最先想到的是："你要装'引擎'了吗？！"

上文提到，"杀手凯勒"系列虽然讲述了有关杀手的故事，却不侧重于悬疑和动作情节，而是具有"不安装引擎的滑翔机"的趣味和魅力。可是在该系列最新的作品上却应用了"被冤枉不得不逃亡"这个娱乐小说的"王道引擎"，让人如何不好奇呢？当然，只要劳伦斯·布洛克愿意，就能写出"安装了'引擎'，带领读者不断前进"的作品。只要读过"马修·斯卡德"系列的《到坟场的车票》和《屠宰场之舞》便一目了然。故事充满速度感，可见他完全有能力写出让人一口气读完的作品，换言之，"杀手凯勒"系列并非没能装上"引擎"，而是刻意没有安装"引擎"。现在在系列的最新作中，他又安装了"引擎"，也就是情节。从译者田口先生所写的介绍来看，我只能这样认为。我很兴奋，不知那究竟会是一部什么样的作品，并期待着读到它的一天。

那本让我梦寐以求的书，便是你手上这本《杀手亡命》。时隔四年，我总算读到了它，不禁感慨万千。

从这里开始，说明文字会变得比较简短。剩下的只须一读便可了解。在故事的开篇，凯勒与一个邮票贩子交谈，氛围依旧那么熟悉。可是邮票贩子听完广播，说了一句“出大事了”，故事整体开始发动“引擎”。仿佛能够听到轰隆隆的声音。接下来，故事情节就以之前的“杀手凯勒”系列所无法想象的速度开始发展。

当然，它依旧不会发展成普通的悬疑小说，也不会成为冒险小说。虽说安装了“引擎”，布洛克还是没有让那台“引擎”带动读者一路向目的地疾驰。原以为势头正好，“引擎”却突然停了，变回一架滑翔机，让人欣赏一番景色，然后再次发动“引擎”，似乎要加速，没想到竟走得优哉游哉的。多么随性的作家啊。明明安装了“引擎”，哼着朗朗上口的旋律，凯勒却还是那个凯勒。

在读过系列前作的人看来，凯勒跟德特失去联系后，他显得那么无助和悲伤，他不顾危险返回家中的动机又显得那么“具有说服力”。（笑眯眯地感叹。）从这个意义上来讲，我认为本书读者大可以先去找一本以前的“杀手凯勒”系列读一读。可以选系列第一部，也可以选稍微提到过在本作中向凯勒找麻烦的埃尔这个人物的《刺杀游行》。总之，如果先体验一下没有安装“引擎”的“杀手凯勒”系列，再来读这部新作，会觉得更加有趣。

我不会透露凯勒在这部新作中的命运。（这是当然。）但我还是要感叹，还有谁能想到高尔夫球场这种另类的对决场景呢？就算能想到，可能也写不出来。我不知道重视情节的读者会怎么想，总之，这部作品让我感到十分满足。

最后我要引用小说教程（《劳伦斯·布洛克畅销作家入门》）中，布洛克写在最后的一段话。这段话写得很诚恳，还透着一丝谦虚，难怪我们钟爱的杀手只有这位作家才能创造出来。

“感谢上帝让我成为作家，感谢上帝让我得到了唯一由衷渴望的工作。感谢上帝让我可以无须任何人的批准来做这件事，让我可以在想写并且有办法写的时候就动笔。”

《杀手亡命》（劳伦斯·布洛克著，田口俊树译，二见文库出版）

二〇一一年九月

1.《刺杀游行》：简体中文版书名为《杀人排行榜》。

2011年

我的“杀手锏”

二〇一一年我没有出版新书，[①]这是十年来从未发生过的事情。如果一切顺利，预计二〇一二年会通过仙台的出版社“荒虾夷”将在杂志《仙台学》上连载的随笔[②]集结成书。另外应该会收录一部专门创作的短篇小说。

除此之外，预计还会把在讲谈社的杂志《群像》上刊登的中篇小说*PK*和《超人》汇集成一本书出版。[③]应该要等到春天吧。

我花了两年时间好不容易完成（大概）的《夜之国的库帕》或许能在五月出版。虽说花了两年时间，但内容并不多。

《这部推理了不起！》二〇一二年版

---

① 这一年发生了大地震。不过没有出书的最大理由是我正在创作《夜之国的库帕》。这部作品真的算是难产，我还试过把写好的东西按照章节装订起来，不断改变时间顺序，苦苦寻找最能让读者乐在其中的叙述形式。

② 这里指的是《仙台生活》。因为这是一本身在仙台的人才能理解的书，所以我不打算做成文库本，但是出于各种原因（其实也不算什么大事），二〇一五年决定做成文库本了。

③ 我很憧憬纯文学，所以特别害怕在文艺杂志上刊登作品。我还记得大地震之后不久，连燃气都没有恢复，唯独《群像》的样书被送了过来。

海马的记忆①

二〇一二年是龙年，为了应景，我读了一本名为《龙子太郎》的绘本。那是一个冒险故事，讲述主人公得到天狗的力量，打倒赤鬼和黑鬼，解救了被变成龙的母亲。绘本最后描绘出了母亲以龙的形象撞击山体的场面。她为了开拓土地、建造富饶的村庄，不顾艰难的喘息，不断撞击大山的身影让我胸口一紧。而当赤鬼再次登场，说出那句"太郎，我来帮你啦"时，我又忍不住感动万分。因为我回想起，大地震之后我曾有过许多次类似的感觉。

当时我在受灾的仙台市内，受到的损害并不严重。与那些情况严峻的人相比，我甚至可以说是毫发无损。尽管如此，我还是感到担惊受怕。因为生活物资断绝，日常生活受到影响，我被食物可能会不足

① 按照惯例，让我痛苦万分（笑）的"干支随笔"又来了。不过这一年我有可写的话题。我在震灾中的生活无以为继，得到了许多人的帮助。因为想把这件事原原本本地记录下来，这也成了我的"干支随笔"中内容比较严肃的一篇。

的紧张情绪所攻陷，变得狼狈不堪。

现在回想起来，着实羞愧不已。我不认为自己有资格讲述那场地震灾害。与我的没出息相反，当时有许多人不顾自己的生活，毅然站出来帮助他人。例如，自己无法确认父母的安危，还是照旧投入工作的公务员朋友；连日奔走在大街小巷，顾不上休息的邮局工作人员；还有一直在供水点坚持作业的邻居大叔。

“您没事吧？怎么好像没怎么睡觉？”我关心了一句，对方苦笑着回答：“哪能没事啊。”我从许多人身上看到了共通的想法：且不管自己状态如何，现在只能埋头苦干。

后来好不容易恢复了电力，我打开电视机，不断看到关于核电站事故的新闻。周围的人都在谈论“最好不要淋雨”，而我往外一看，发现可能是其他县过来的人正在雨中忙于修复城镇。我分不清究竟谁对谁错，陷入了混乱。

不过，正因为有许多人像龙子太郎和他母亲这样贡献了自己的力量，又因为有很多受灾地之外的人像赤鬼一样赶过来说“我来帮你啦”，我们的日常生活才得以一点点恢复。对此，我满怀感激。

《龙之子太郎》的结局如下：

“人们聚集起来，建设国家，耕耘土地，过上了幸福的生活。”

虽说是故事的固定套路，可是现在看来，那确实是充满魅力的闪闪发光的话语。要把“过上了幸福的生活”变为现实是一件多么艰难的事情啊。

在从前的谚语和故事中，龙往往有着“英勇”和“强大”的形象。原来如此。或许，我们每个人都要变成龙，亲手创造出今后的生活。

然而不可否认的是，龙所承担的任务略微有些重了。正如那句“虎踞龙蟠”，盘绕着身体，埋头发挥力量的龙，可能还是要依赖政治和行政的辅助。普通人并不是龙，可能相当于龙之子吧。

想到这里，我又意识到“还有被称作龙的私生子的生物”。于是我便查了龙的私生子，发现它还有一个名字叫“海马”，②顿时吃了一惊。

② 我在查找“龙的私生子”时，发现可以用“海马”引出关于记忆的话题，感到特别兴奋，不过仔细想想，这种事情肯定早就有人写过了吧。

人的大脑里不是也有相同名称的结构吗？那是与记忆相关的器官——海马体。把历史留在记忆中，永不遗忘。这可能也是龙的重要能力。

《中日新闻》（晚刊）二〇一二年一月十九日

我的“杀手锏”&2012 年的 No.1

二〇一二年十二月（《这部推理了不起！》要发售的时候），集英社应该会出版《余生皆假期》。[①] 书中收录了我每一到两年创作一篇的短篇故事，不过汇集起来一看，倒成了完整的长篇。这本书讲的故事应该很令人愉快。

二〇一三年的计划是在春天出版此前在《朝日新闻》上连载的《汽油生活》。

另外，我还希望能把单独创作的长篇《死神的浮力》（文春）和《不然你搬去火星啊》[②]（光文社）（看标题有点科幻色彩，其实并没有，对不起）出版出来。

大约两年前，我开始创作另一个长篇，这是真的“杀手锏”，不知道在二〇一三年能否得见天日。

---

① 我本来并不打算汇集成一本短篇集，因为一直觉得短篇没必要专门做成一本书。不过后来我又想：“这么令人愉快的作品应该有点价值吧。”于是决定出版。

②《不然你搬去火星啊》实际出版的时间是二〇一五年（笑）。从我与编辑相识到这本书出版，中间跨越了十年多，可谓“超越时空的作品”。

今年读过的书中，最有趣而且读后与别人讨论得最愉快的书，非岛田庄司[3]的《恶魔岛幻想》莫属。这是推理吗？可能是吧，但是我想，世界上肯定找不到跟它一样的推理了。这部作品和雷纳多·阿里纳斯的《幻觉》、莫言的《生死疲劳》一样，也就是说，如果把它分类为一切皆有可能（我最喜欢的类型）的小说，我觉得反倒更恰当，但又略有不同。这样的故事还能拥有逻辑性的说明，简直太异常了。文中还夹了一篇论述“恐龙为何灭绝”的论文，其说服力令我感动不已。就像读完詹姆斯·霍根的《星辰的继承者》时那样，感到头晕目眩。如果有人想：哦？那篇论文要怎么融入故事情节里呀？那么很遗憾，他是跟我一样的庸人。对小说来说，那根本不重要。

《这部推理了不起！》二〇一三年版

③ 当时我还没见过岛田庄司先生，对我来说，他基本只存在于想象中。可以和孙悟空、野槌蛇等相提并论（笑）。

偶尔驻足细思

"辰龙后面是巳蛇，这会不会有什么特殊意义啊？"负责这份稿件的记者问道，"跟成语'龙头蛇尾'①有什么关系吗？"

如果回答"不知道"难免有些不甘，于是我便想当然地回答道："是不是因为那些像巨龙一样威猛有力的人往往很快就会变成像蛇一样渺小呢？"

其实这也不完全是想当然。因为我想起了在自己十几岁时占据了报纸一整个版面的"世界恐慌"几个大字。那件事被称作"黑色星期一[1]"，我当时还在上高中，也跟着恐慌起来，觉得要发生可怕的事情了。那时，可能是父亲说了这么一句话："突然发生的事情往往很快就能恢复原状。"

---

① 这回是成语模式（笑）。当我想到龙年后面是蛇年，正好与"龙头蛇尾[2]"对应时，心里顿时高呼一声，就觉得"能写出来"。然而，根本写不出来（苦笑）。这篇随笔的内容在我的作品中算相当严肃的了，我是想写出一种隐隐约约的恐惧感。

换句话说，就是突然成名的人物也容易迅速从舞台上消失，突然赚了大钱的公司更容易倒闭，或是急性胃炎比一般胃炎更容易治愈这类现象吧。

事实上，当时并没有出现让世界经济崩溃的事态。父亲还说："要是股价一点一点往下跌，恐怕就很难恢复了。"

换种说法，就是轰隆一声（像恶龙吐火一样）的剧烈变化远远没有丝丝渗透（像蛇在地上蠕动）的变化那样可怕。

此时我又意识到，龙年后面是蛇年，那么如果以蛇年为起点，就可以理解为"蛇花了十一年时间化身成龙"。

我对记者说："如果蛇一点一点成长起来变成龙，那就非常棘手了。因为它是慢慢成长起来的，自然不会马上消失。"

"那么，对伊坂先生来说，什么东西相当于可怕的龙呢？"

我想了想，脑中浮现出的词汇实在太落俗套，让我羞于说出口。总之就是"死亡"和"战争"。说到底，我最害怕的就是这两样东西。

我忍不住想象：就像蛇会蜕皮，在不知不觉中变成巨龙一般，人们的不安和不满也会慢慢膨胀，最后演变为充满火药味的可怕灾难。如果那是轰隆一声爆发的事情便也罢了，最怕的是那种一点点生成的灾难，无法简单消除。

这种可怕的灾难就像默默恶化的疾病一样，当出现明显症状时已经无从拯救了。

我完全无法想象十一年后的龙年世界会变成什么样。只是，我们并不是“只能被拖在后面的蛇尾”。为了防止社会变成无可抵抗的恶龙，我们应该可以偶尔驻足细思，甚至原路返回。我希望能够如此。

当我说完这番话时，记者说：“大过年的，还是聊点开心的事情吧。”

于是，我就谈起了刚读完的书——《蛇：日本的蛇信仰》（吉野裕子）。“有一种说法认为，日本新年供奉的镜饼[3]是蛇盘绕起来的样子。镜子的读音‘kagami’也有‘蛇身’之意。如何，这样够有年味儿了吧？”

"是挺有意思的，不过跟刚才谈的内容没什么关系，这就是所谓的画蛇添足[②]啊。"

《中日新闻》（晚刊）二〇一三年一月十日

1. 黑色星期一：指 1987 年 10 月 19 日（星期一）的股灾。当日全球股市在纽约道琼斯公司工业平均指数带头暴跌下全面下跌，引发金融市场恐慌和随之而来 20 世纪 80 年代末的经济衰退。
2. 龙头蛇尾：日文常用语，意思同"虎头蛇尾"。
3. 镜饼：指供奉给神灵的扁圆形的年糕，日本的家庭在过新年的时候将其装饰在家中，祈求新的一年一切顺利平安。

② 这年的随笔用一个成语开篇，介绍了别人讲的冷笑话，最后用自己的冷笑话结尾，这在"干支随笔"界（不存在这种东西）可谓超绝的技巧了（笑）。就像观看奥运会的单杠比赛一样，读者（观众）可能会一惊一乍地感叹："哦，成语！""这里竟然出现了冷笑话。""啊，又是冷笑话。"

五十四位人气作家大调查！

二〇一二年印象最深刻的书：

那必须是岛田庄司先生的《恶魔岛幻想》。横山秀夫先生的《昭和六十四年绑架案》也很有力道。别人推荐我读的后藤明生先生的《夹击》①也让我兴奋不已。

二〇一三年的计划：

在《朝日新闻》上连载的长篇小说《汽油生活》将在开春时由朝日新闻出版社发布。接下来就是陆续发表一些写好的单行本小说。

Katsukura[1] 二〇一三年冬季刊

1.《活字俱乐部》自2012年冬季刊开始更名为*Katsukura*（新刊名为原刊名缩写“活俱”的发音）。

---

① 推荐我看这本书的人是阿部和重先生。我跟他提到“我没读过后藤明生”，他说：“那你应该读读看，他的作品可不是单纯地影响他人这么简单。”于是我就读了，发现特别有意思，读来格外兴奋。当时我正好在构思《霹雳队长》的故事，大约每三个月与阿部先生碰一次头。

2013年

广阔雄伟的“岛田山脉”入口[①]

为了应用到自己的小说里，我在网上检索了音乐家弗兰克·扎帕的资料，发现很多人都会使用“扎帕山脉”这个表达。此人出了很多专辑，而且每部作品的风格都很不一样，其中也有如高海拔山峰一般强势的作品，有可能让初来乍到之人产生“这我该怎么爬”的无力感。想必是这样，人们才会如此称呼扎帕。

岛田庄司的著作群或许也能称为“岛田山脉”。我打开他的维基页面数过，长篇和短篇集加起来有近八十部作品。如此一来，想必也会出现“不知该从何爬起”的茫然失措之人。

所以，接下来我打算选出推荐给读者的十部作品。

先推荐短篇集《御手洗洁的舞蹈》。其实相比短篇小说，我更喜欢长篇，然而“御手洗洁”系列的短篇也极其优秀。在石冈君和名侦

---

① 接到这篇随笔的委托时，我内心欢呼：“总算能写了！”便用上了浑身解数（笑）。正如本书中数次提及的那样，我特别喜欢岛田庄司先生的小说。而且在读过《恶魔岛幻想》之后，我感觉“他越来越厉害了！”。总之，我一心希望更多人来读岛田先生的作品，并且把这种心情倾注在了随笔中。然后呢，我总觉得很多人试图从《占星术杀人魔法》入门，结果惨遭挫败，所以还想把这一点也告诉大家。

探御手洗洁的对手戏中，虽然那也不能叫作对手戏，应该是御手洗洁单方面的演讲，总之读者们不仅能欣赏到御手洗洁对社会和历史的分析，还能充分体会到谜题和解谜的乐趣。而且，岛田作品里的谜题非常特别。比如这个短篇集中收录的《戴高筒帽的伊卡洛斯》，谜题就是“一个专门画人在天上飞的画家吊在电线上死了，而乍看下他只可能是自己飞到电线上的”。这可不是幻想文学或什么怪奇小说，而是富有独创性的解迷推理。不仅如此，同一时刻正在行驶中的电车还拖着一条人的手臂。简直莫名其妙。而这个莫名其妙的谜题在故事后半部分竟然被解开了。御手洗洁以一句“哦，我明白了”，淡然而慵懒地给出了答案。我自己在写这个内容介绍的时候，也不由得兴奋地想：“这太有意思了吧！”本书收录的其他短篇——《某骑士物语》和《舞蹈病》都很有意思，可我在这里偏偏要介绍一下无论什么人看来都像是一篇服务粉丝之作的《近况报告》。正如标题所示，这个短篇仅仅是石冈君向各位粉丝汇报御手洗洁的近况，可是其中的文字充满了魅力。御手洗洁在世界地图上摆了一排十元硬币，问石冈君：“你知道这意味着什么吗？”说完，他就开始讲述世界的现状。御手洗洁提到了遗传基因和战争，讽刺地慨叹：“疾病、战争、毒品、进化，这些究竟是什么呢？”下文便是一些温暖人心的御手洗洁的小故事。而且，就连这些微不足道的逸事也包含着谜题和解答，让人充分体会到了“就算不发生严重事件也很有意思”的岛田庄司作品的魅力。当然，我并不打算把这个短篇吹嘘成岛田庄司的巅峰之作，只是想告诉大家，哪怕是“岛田山脉”边缘的低矮丘陵，也有爬上去看看的价值。

那么，岛田庄司的“巅峰”究竟在哪里呢？若要说“岛田山脉”的制高点，堪称“岛田主峰”的作品，应该就是他在二十世纪九十年代初到九十年代中期发表的一系列御手洗洁大长篇。我在这里要列举出《黑暗坡食人树》《水晶金字塔》和《异位》。每年夏秋之际，书店就会出现一部这样的大作，让我甚为欢喜。这些作品可谓御手洗洁与石冈和己的大冒险，讲述了两人勇敢挑战各种巨大的谜团的故事，每一本都有着独一无二的乐趣。话说回来，读《异位》时，我中途就发现了那个巨大谜题——“面部溃烂的怪物”的真实身份。这并非因为我的推理能力超群，而是在成为岛田读者之前，我从其他的报告文学中读到了一件事以及那件事的名称（为避免剧透，刻意模糊话语，请见谅），答案自然在脑中浮现出来而已。但是，如果要问预料到真相之后再往下读是否会变得索然无味，我的回答是完全相反。小说的乐趣丝毫没有减弱。诸位可能会不相信，但我认为，故事中的谜题反倒变多了。尽管我已经知道了真相，在阅读过程中还是忍不住想："说不定真的存在怪物啊。"

没错，岛田庄司就是拥有这种让人忍不住猜测"说不定真的有怪物"的力量。

根据岛田庄司提出的理论，本格推理的要素有两个：一是"巨大的诗意的谜题"，二是"从现实角度对谜题进行解答的逻辑（说明）"。只要具备这两个要素，便可称为"本格推理"。而两者之间的落差越大，作品作为本格推理的光芒就越耀眼。

那么，如果实践了这个理论，是否所有人都能写出岛田庄司那样的作品呢？其实不然。这里有个秘密，就是导演能力。岛田庄司拥有一种能力，让“有魅力的谜题”更加充满魅力，赋予脱离现实的谜题以真实感。当中固然存在技巧的因素，但我认为，主要还是源自他自己的审美、网罗并分析各种传说及科学知识的能力，还有创造故事的才能——或者说天赋。所以，没有人能模仿。

顺带一提，我还想把他的近作《恶魔岛幻想》也加入“岛田主峰”的大作群中。因为在故事的规模和气势上，它们有着近似之处。与他九十年代的作品的不同之处在于，这部作品充满了“悬疑推理”这个定义无法囊括的诡异感和强烈的紧张感，唯一的遗憾恐怕就是御手洗洁没有登场了。这部作品已经不能归类为推理了，而更接近一种独创的文学类别。

一时兴奋讲了这么多（现在冷静下来了），恐怕还有很多人并不想一口气挑战“高峰”吧。接下来我想介绍的是《北方夕鹤 2/3 杀人事件》。这部作品披上了一层出版时正在流行的旅行推理的外衣，对这个类型不感兴趣的人可能不会伸手拿起这本书，其实，小说内容与旅行推理丝毫没有关系。在这部小说中登场的不是御手洗洁，而是吉敷刑警。我高中开始阅读岛田的作品时，基本上只有“吉敷竹史”系列在出新书，因此反倒对这个系列更有亲切感，而且《北方夕鹤2/3杀人事件》里的吉敷刑警真是太帅了，他为了洗清前妻的冤屈，不顾一切地寻找真相。此书一方面拥有奋勇作战到遍体鳞伤的硬汉派限时推理的悬疑色彩，另一方面又不乏“倒退着走路的神秘铠甲武士”“被拍进纪念照片的铠甲武士”这种谜团。别处还能找到如此丰盛奢侈的推理盛宴吗，再加上作品节奏还十分紧凑？可以说，光这一本书就装进了岛田庄司75%的魅力与天赋。

还有就是《俄罗斯幽灵军舰之谜》。这是“御手洗洁”系列中的一部长篇，故事围绕“芦之湖出现了一艘军舰。军舰从哪儿来？怎么来的？”这个谜题展开。且不论真相和情节设定，光是能看到御手洗洁和石冈君的对话就足够幸福了。但实际上，“‘御手洗洁’系列的，不是大长篇的长篇故事”非常珍贵，仅仅因为这个属性，这本书就值得强烈推荐。

还有一部作品不能忘记，那就是“吉敷竹史”系列的《奇想，天动》。听说这是岛田庄司为了证明自己的“本格推理论”而构思的故事，在我个人看来，里面接二连三地出现了许多充满魅力的谜题。“小丑的尸体从火车洗手间瞬间消失”“尸体坐起身来”“白色巨人出现”，等等。

真可谓谜题的连续攻击。岛田庄司将这些全部立足于现实世界，真不知该说是乱来，还是该惊叹他的天才头脑，总之就是格外出色。“吉敷竹史”系列的另一部作品《泪流不止》也很不错。或许该把这部作品称为吉敷与前妻之戏剧故事的集大成之作。如果有条件，可以先把《北方夕鹤 2/3 杀人事件》和《羽衣传说的记忆》读完再读这本，而我则是在公司上班时，趁着午休时间跑到附近的长椅上把它读完的。我还记得小说靠近结尾处（忘记是哪个场景了），吉敷的一句台词莫名打动了我，让我泪流不止，迟迟无法回去上班。

最后一本该选什么呢？就我个人而言，我想推荐讲述一头老虎在高速公路上飞奔，让我深刻意识到“岛田庄司的作品就算不是推理也很有意思”的《都市之虎》；让我惊叹“竟然能利用铁路实现这样的诡计”的《消失的“水晶特快”》；还有上学时反复重读尾声还为之流泪的《灰之迷宫》。但我并不确定它们是否适合作为“岛田山脉的入口”。于是，我便从非系列作品中选出一本《夏天，十九岁的肖像》。它是一部青春小说，同时也应该算是名作。

对了，我之所以没有把《占星术杀人魔法》和《斜屋犯罪》这两部岛田庄司最有名气，而且也是日本推理史上最有价值的作品选入列表，并非出于“我才不选主流作品”这种闹别扭似的优越感。这两部作品中的诡计的确拥有压倒性的破坏力，如果没有这两部作品，岛田庄司恐怕不会成为现在的岛田庄司。我当然承认攀登这两座“山峰”的体验十分美好，但还是认为，要到达景色壮美的山巅，中间的道路未免过于凶险，对新手来说可能难度有点高了。如果是熟悉本格推理的读者，自然会觉得那是一条轻松而快乐的道路，但若不是这个类型的读者，恐怕还没爬完八成就要放弃了。所以一直以来，我都不认为“关注岛田庄司的人读的第一本作品都是《占星术杀人魔法》”这件事值得高兴。因为岛田作品的魅力及其本质其实在诡计之外（当然诡计也非常棒），阅读他的其他作品应该能更深入地体会到那种乐趣。

岛田庄司 10 册

《御手洗洁的舞蹈》（讲谈社文库）

《黑暗坡食人树》（讲谈社文库）

《水晶金字塔》（讲谈社文库）

《异位》（讲谈社文库）

《恶魔岛幻想（上、下）》（文春文库）

《北方夕鹤 2/3 杀人事件》（光文社文库）

《俄罗斯幽灵军舰之谜》（新潮文库）

《奇想，天动》（光文社文库）

《泪流不止（上、下）》（光文社文库）

《夏天，十九岁的肖像》（文春文库）

《书的杂志》二〇一三年五月号[②]

② 这篇随笔发表后，我得到了与岛田庄司先生一起用餐（不是工作）的机会。后来，那成了一场我花费两个多小时倾诉对岛田作品之爱的聚会（笑）。同去的编辑还说："我头一次见伊坂先生如此激动。"（笑）。我从第一次拿起岛田作品开始，细数了每一个让我感动的地方。

英雄的必备条件[①]

前些天，我看了刚发售DVD的电影《野蛮女人》。这是一部杰克·凯彻姆编剧的作品。对熟知他的人来说，这部电影可能会有种“老生常谈”的感觉，但十分符合我的胃口。这里为没看过这部电影的人简单介绍一下梗概。(不想知道梗概的人最好不要读，多有得罪了。)

电影主要讲述了一个家庭的故事，里面的父亲很坏。简单概括一下，他算是个虐待狂。他自诩自己是统治者，随心所欲地控制家人。他的妻子和女儿都无法反抗，只能生活在恐惧之中。长子则是父亲的帮凶，不知为何受到了父亲的影响，也非常坏。小女儿很可爱，看起来是唯一的正常人，然而她只是个天真无邪的幼儿，只是一个吉祥物式的存在。

一天，父亲出门打猎，发现了一个野生的女人。野生的女人？可

① 其实我最开始写的是关于“玩具店店长”的话题。在我小的时候，很流行高达模型，所以玩具店店长就成了我心目中的英雄。每周六店里进新货的时候，我觉得店长整个人都在发光。但是我总是排在后面，买不到最新的款式，只能看着前面的人买，眼馋地说：“哇，是夏亚扎古。”(笑) 有一次，我觉得我认识店长而店长不认识我这件事太让人伤心了，便下了决心，“总有一天要让店长认识我”。于是，我就写了一篇名为《英雄就是如此》的随笔。

(脚注续下页)

能会有人感到疑惑，但是别怀疑，就是野生的女人。可能有人想说：真有那样的人？嗯，真的有。凯彻姆的读者可能已经见怪不怪了，那就是食人女。食人女就生活在附近的小河边这个事实已经足够让人震惊，但是发现她的那个父亲非但没有害怕，反倒两眼放光，决定“把她抓回来养在家里”，这更让人震惊了。

他把女人带到车库里用链子拴住，命令家人饲养她。我本以为他要瞒着家人把那女人养着，看来这位父亲的层次已经不一般了。他竟让家人站成一排，发出了“你们负责照顾她”的指令。他根本没想着隐瞒家人。

虽说是食人女，但被拴住了也无从反抗，于是她慢慢衰弱了下去。这个情节发展非常致郁，我一边痛恨着那个折磨凌辱他人的父亲，一边焦急地想知道这种状态能否被打破，心中不断祈愿：“要是此时出现一个英雄来解救大家就好了。”

愿望实现了，英雄登场了。不，是被释放了。影片终局，食人女的束缚被解开了。由于她是个女人，恐怕应该称其为女英雄。总之，

可是，当我把写好的随笔拿给编辑，却得到一句，“没有别的故事了吗？”我回答：“这个还真没有（笑）。”所以说随笔难就难在不能撒谎。没有就是没有嘛。后来我想了想，就写了当时刚看过的一部电影。我特别喜欢这部电影，但是内容比较惊悚，实在不好意思积极推荐（笑）。

食人女重获自由后的身影可谓英姿飒爽，让人痛快非凡，因为“救人于水火的正义之士降临的喜悦”而振奋不已。然而仔细想想（也不用仔细想），那终究只是个食人女而已，并不是什么正义之士。她接下来的行动绝对不值得称赞，甚至令人毛骨悚然（不能给孩子看），但还是让人有种目睹英雄大显身手的痛快心情。为什么呢？一番思索过后，我想明白了。关键在于音乐。食人女战斗的时候，一直有炫酷的吉他演奏进行衬托。可能正因为这样，我也产生了正在观看“精彩场面”的感觉。

结论：对英雄来说，衬托“英雄光环”的音乐很重要。

《野性时代》二〇一三年七月号

2013年

我不想演讲

这篇随笔的约稿信是这样写的："实属失礼，请恕我直言，伊坂老师似乎不怎么擅长面对人群。"[①] 真是实属失礼啊！在发出这个感叹前，我首先想到的是：您果然知道。

我不仅不擅长面对人群，也特别不擅长演讲。

不过回首往事，我并非从小就这样。小学时（虽然谈不上积极主动）我当过儿童会会长，每逢有活动就当着全校学生讲话。那应该也算是一种演讲吧。我记得自己一开始固然很紧张，后来渐渐就不怎么在意了，甚至觉得走到台上当着一千个学生讲话也"挺游刃有余"的。[②]（连我自己都忍不住怀疑，以前的我真的是这样的吗？这种感觉就像听到别人说人类以前捕猎过猛犸象一样。）可是等到上了初中高中，我渐渐变成了"不想在很多人面前讲话""太紧张了"，那也就是

---

① 从《重力小丑》开始就给了我不少帮助的编辑加入了杂志《思考之人》的编辑部，这就是他以杂志的名义邀请我写的随笔。看到以"实属失礼"开头的实属失礼的文字，我忍不住笑了出来，最后决定"虽然很不擅长这种事，但还是答应吧"。

② 当时就是演讲者伊坂幸太郎的巅峰时期了（笑）。

我现在最熟悉的状态。

我究竟是在什么时候突然变成了不擅长演讲的人？若问是否有什么致命的失败演讲导致我蒙上心理阴影，我觉得应该没有。

那么，我为何会紧张？我也时常思考这个问题。

是因为站在很多人面前，被很多双眼睛看着，所以紧张。这点我很清楚。然而事实是，就算很多双眼睛都看着我，多数观众对演讲的内容也不怎么上心。比如校长在早会上说了很多有益的话，过后能记住具体内容的人却很少。婚宴上的讲话也一样。当然，假如说了粗鲁的或者不可说的话，那么说话者必然会得到关注。若换成很普通的内容，人们就只会心不在焉地看着说话者的一举一动，并不怎么关注内容。

所以，其实没必要为被很多双眼睛看着这件事感到害怕。

我想，紧张的原因应该是出于“希望得到他人的称赞”这个人类的基本欲求。

每个人都想说点俏皮话，被评价为有意思的人，或是发表一番有益处的演讲，成为他人眼中优秀的同伴。那种紧张心情正是源于这种愿望。如果往上回溯，我们恐怕承袭了狩猎猛犸象那个时代（没想到又用上了这个比喻），人们为了获得狩猎所得，不得不表现出自己是“集体需要的成员”这种习惯。反过来说，我们都被植入了一种观念，即一旦被认为是集体中“派不上用场”或“没意思”的人，那将是一种极端可怕的事情，因此才会感到紧张，害怕自己“失败被嘲笑”“让人们感到失望”。

想到这里，我顿时松了口气。原来害怕且不擅长演讲并不是我的性格问题，而是生活在集体中的人类所具有的根源性反应。

我想主张一点：“对生活在集体中的人类来说，回避演讲是极为正常的反应！”

然而，社会并没有那么简单。尽管我已经很注意远离需要演讲的工作，但注意仅仅是注意，正如平时注意安全驾驶还是难免发生交通事故一样，有时候就算极力回避，还是不得不在很多人面前演讲。

比如，最近我到中国台湾去进行一项工作。我由于本来就不太适应海外旅行，从一开始就不怎么提得起劲。但是出于种种理由，我还是咬咬牙，决心去一趟。

去了才发现，台湾的环境非常宜人，前来迎接的人也都很热情，这让我十分开心。然而，还是有试炼等待着我。

因为我必须在记者和读者面前说话。

“不如一开始先用中文打招呼吧？”有人这样提议，于是我临时学了几句中文。然而到了正式时刻，我已经紧张得说不好“我很紧张”的中文了，结果所有人都听不懂我在说什么。我只得苦笑。尽管如此，我还是想方设法熬到了读者提问时间。第二天早上看到新闻报道，我请人翻译过来，发现写的是：“到台湾来吃的第一餐是三明治，里面有我讨厌的黄瓜，但我还是忍着吃掉了。”我感觉自己说了挺多有趣的话，结果竟是这一句被报道出来了。我感到惊讶的同时，回忆起这件事本来就是在类似闲聊的对话中由主持人说出来的内容，顿时更加惊讶了。说到底，我有说话的必要吗？

后来我从台北乘坐捷运，到几个地方搞了在很多人面前讲话的活动。正如上文所说，只要我“想说有意思的话”“想得到称赞”，就不会有好事发生，于是我选择了“不加修饰，如实奉告”的方针。尽管如此，我说完话后，观众的反应还是比较热烈。我当时心情就很好，觉得自己还算能干，然而同行的海外经纪人这样说：“可能是翻译做了些修饰，让您的话显得很有意思。”

你说什么？！怎么会？！我很想否定，但很难否定。因为我并不知道那位女翻译究竟说了什么，而且她的确是个脑筋灵活的人。

然后我意识到一件事。反过来想，是否正是因为她帮我翻译得好，台湾读者才没有发现我其实很紧张，说话磕磕绊绊的呢？因为演讲就是话语的表达，此时“语言的壁垒”反倒起到了作用。于是我松了口气，原来并不全是坏事呢。

话虽如此，我回国之后，终于在不久前收到了中国台湾杂志上的文章的翻译版，上面这样写道：“伊坂老师可能有点害羞，一直看着地板。”

原来如此，就算不通过话语也能传达紧张情绪啊。演讲真是太可怕了。

《思考之人》二〇一三年秋季刊

我的“杀手锏”

我正在写《不然你搬去火星啊》，计划由光文社出版。虽然花了很长时间，但是书并不厚。如果没有特别大的意外，二〇一四年应该能出。

新潮社计划年初出版我的短篇集《献给折颈男的协奏曲》[①]。我将此前在各处发表的短篇修改并拼凑起来，串成了这些松散又不可思议的故事。

我为幻冬社写的短篇[②]应该也差不多能集结成册了。

① 我跟编辑讨论过要不要命名为《折颈男的奏鸣曲》，凑成“汉字 + 片假名”的组合，或者叫《折颈男的爱乐乐团》（笑）。结果因为“奏鸣曲”的意思与内容不太相符，就成了现在这个样子。

② 这里说的是《一首小夜曲》。

还有，大约在三年前，我开始了另一部长篇[3]的创作，那是真正的“杀手锏”，不知能否在二〇一四年出版。

《这本推理了不起！》二〇一四年版

③ 这里说的是《霹雳队长》。当时已经写了八成左右。我想“通过这本书打破无处不在的闭塞感”。因为世间充满了可怕和令人痛苦的事情，最近出版界也没什么活力，所以我难免心情灰暗。我抱着“写成娱乐小说，至少让人们在读这本书的时候能出口恶气”的想法，坚持写了下来。此书出版之后，我心里总觉得有些空落落的，仿佛力量被抽走了。

害怕木马①

有人叫我给马年写一篇随笔，可我实在不知道该怎么写。作为一个有问题就向书本寻求帮助的人，我决定先看看跟马有关的书。

根据《马的世界史》（本村凌二）所说，马“不挑食”“缺乏领地意识”“没有攻击性”“有好奇心”“依赖性强”，具备了人类偏好的性格。可以想见，其中某些部分是在被人类驯养的过程中演化而来。事实上，现在好像几乎不存在野生马了。

在我看来，光是回忆历史教科书上的内容，就能想到很多关于马匹的画面。比如运送物资的马车、古希腊战车、马形埴轮[1]、拿破仑肖像上的灰色骏马。多亏了马，人类的搬运能力得以提高，移动距离得以延伸，行动范围也变得更加广阔。如果没有马，人类社会的发展恐怕就大不一样了。

---

① 这是第十一篇“干支随笔”，再写一篇就满一轮了。我感慨，“听牌啦！”“总算看到终点啦！”同时一点都不觉得寂寞（笑）。

“马耳东风、对马念佛[2]这些跟马有关的词也不少。”我说道。负责这份稿子的记者说：“还有特洛伊的木马。”

那是古希腊神话特洛伊战争中的一个知名故事。希腊军队做了一个巨大的木马放在敌方城外，自己的士兵则藏身其中。特洛伊的士兵并不知情，把木马拖进了城中。

我说：“趁特洛伊的士兵放松警惕并纵情吃喝的时候，希腊士兵从木马腹中爬出来，将城外军队引入城内，希腊最终赢得了战争的胜利。每次想到特洛伊木马的故事，我都会感到害怕啊。”

“害怕？为什么？”

“我害怕那些自己放心接纳的东西其实隐藏着足以毁灭自己的秘密。你瞧，法律和制度不就是这样吗？那搞不好是由冠冕堂皇的大义所装点的木马，一旦实施，里面就会冒出可怕的敌人，让我们的生活陷入困苦。”

“您也太容易操心了。照这么说的话，去年颁布的《特定秘密保护法》就挺可怕的呢。”②

---

② 每年写这个系列的随笔时都会发生一点事情，比如选举。而我这人特别爱操心，每次都带着许愿一样的心情写这个系列的随笔，祈祷“写出来就不会发生可怕的事情”。

“啊，那有可能就是特洛伊的木马。”我正要这样回答，却发现有点不太对。跟特洛伊的木马不一样，那部法律是在众多人的警惕中颁布的。当然，政府有可能是将自己制定的法律强行应用起来。可即便如此，人们也必定会关注这部法律将会如何应用，一旦出现第一个被逮捕案例，肯定会出个大新闻，会有各种专家出来进行讨论（可能）。在这个意义上，人们并不是放松警惕的特洛伊士兵。

结果记者对我说了句很可怕的话：“我记得特洛伊的士兵里也有人坚持反对把木马拖进城里吧。那人好像叫拉奥孔来着。但是拉奥孔因为这件事触怒了神明，还被杀掉了。”

“早知道就不听你说了。”

“这毕竟是新年，还是写点开心的事比较好啊。能让大家都感到幸福的那种。”记者笑道。

我点了点头，同时想起“塞翁失马”的故事。有时候看似幸福的事情会导致不幸，而看似不幸的遭遇最终又能让人得到幸福。那个故事就是要表达没有人能预测世间的幸与不幸。既然无法预测，那么对一些小事过于在意也没有用，毕竟我们只能祈祷而已。就算称不上幸福，也希望各位能够度过马马虎虎[③]的一年。

《中日新闻》（晚刊）二〇一四年一月十五日

1. 埴轮：日本古坟顶部和坟丘四周排列的素陶器的总称。
2. 对马念佛：日本俗语，等同于中文的“对牛弹琴”。

③ 我故意把“普普通通”写成了“马马虎虎”。虽然也是冷笑话，不过算是不同层次的冷笑话（笑）。全世界的“干支随笔”写手肯定都会为此惊叹：“这是什么神技！”我这样自夸实在是太不像话了，惭愧惭愧（笑）。

“无国界文学团”调查

“请列举三本最喜欢的当代文学著作。”[①]

《生死疲劳》（莫言著，吉田富夫译，中央公论新社出版）

《魂断日内瓦》（阿尔伯特·科恩著，纹田广子译，国书刊行会出版）

《以拉海》（佐藤哲也·新潮文库）

刚才我查了一下，《魂断日内瓦》原来是很久以前的作品呢。可能因为该书在21世纪被翻译了过来，我就想当然地把它当成了当代小说。真不好意思。不过我还是很喜欢它，所以要列出来。

“请回答文学在21世纪的作用。”

现在（就我个人而言），我开始觉得人们必须要形成一个自觉，那

① 如果还要加上几部，那我会选择萨尔曼·拉什迪的《午夜之子》、巴尔加斯·略萨的《绿房子》《潘达雷昂上尉与劳军女郎》、大江健三郎的《被偷换的孩子》等。这些作品都特别有意思，看得人眼前发晕。

就是文学没有什么作用和使命。

“自己的作品被翻译成其他语言时，您希望如何翻译？或者说，假设被翻译成了其他语言，您希望读者如何阅读？”

我希望译者能够不抹去文字的可笑之处，还希望无聊扯淡的部分在传达给读者的时候，能够保持它无聊扯淡的样子。

《文艺》二〇一四年春季刊

五十七位人气作家大调查！

二〇一三年印象最深刻的书：

《麻烦事》[①]（雷蒙·格诺）。虽然我不太能弄明白这本书到底在讲什么，但是觉得很有意思。《人体》（保罗·乔尔达诺）也很合我的口味。另外，能读到《星笼之海》[②]（岛田庄司），我感到特别幸福。然后我还重读了在高中时代读过的《我的杀人》《美奈的杀人》（太田忠司），这两本同样很有意思。漫画方面，我觉得《补给部队MOZUKUS》很好看。

二〇一四年的计划：

目前计划在一月末由新潮社出版短篇集《献给折颈男的协奏曲》。此书虽然把各种短篇故事一点点地串联在了一起，可是说到底还是特

① 通过这部作品，我发现世上原来存在虽然文字并不晦涩，但还是能让人一点都看不懂的小说，因此格外感动。

② 这本书刚出版我就一口气读完了，真有意思。不过“御手洗洁在日本解决的最后一案”这个宣传语让人有点失落。所以我在见到岛田庄司先生时，忍不住对他说：“请你多写一点。”（笑）

别松散，反倒形成了与短篇连作集不同的搭积木似的感觉，我特别喜欢这点。另外，应该还有其他的新书[3]会出版。

Katsukura 二〇一四年冬季刊

③ 这里是指《霹雳队长》。当时这部作品已经处在非常接近完成的状态了，不过还没决定由哪个出版社出版。

“！”和“？”①

我时常想：“文学”与“娱乐小说”究竟有什么不同呢？人们对此的定义各不相同，两者当然不存在孰高孰低的说法，也很难说是同一种东西。我感觉，“娱乐小说”通常会更注重“情节”。也就是说，如果有人问：“那是一个什么样的故事？”介绍的人可以回答：“是这样的故事，所以特别有意思。”这种小说具备波澜起伏的情节发展，创造了代入性强的登场人物，能够让读者乐在其中，带着“！”的心情去体会。与之相比，“纯文学”则更注重情节之外的部分，如文字表现力、讲述的形式、思辨的过程和作品的结构。如若被问到，“那是一个什么样的故事？”虽然能在一定程度上进行说明，但还是很想说，“我很难形容，总之很有意思”，让读者脑中冒出一个“？”。“！”和“？”不存在优劣之分。我认为，批判一部“！”的作品“只有趣味性”，或是

① 有一次我提交了一个短篇，编辑向我发来了感想：“我很喜欢‘！’的作品，不过带有‘？’感的作品也很不错。”这个感想非常直白易懂，我便问那位编辑：“可以借用你的说法吗？”然后就照抄了过来（笑）。我一度很担心读者对《单挑》的评价。单行本出版之后，编辑对我说：“我上网查了《单挑》的评价，大家都说‘好难啊’‘看不懂’呢！”我当时就想：这种事情你真的没必要告诉我（苦笑）。后来在做文库版的时候，我特别加上了说明：

（脚注续下页）

批判一部“？”的作品“条理不够清晰”，都是很不恰当的说法。

《单挑》所收录的其中两篇是文艺杂志《群像》的约稿。所谓“文艺杂志”，就是“纯文学”的杂志，根据我刚才的说法，就是专门刊登“？”类小说（希望是如此）的杂志。一直以来，我都在写娱乐小说类的作品，所以一度非常烦恼，不知要为文艺杂志写什么样的东西。当时我心中固然有“无须顺应杂志类型，按照自己一贯的风格来写就好”的想法，但是又觉得好不容易得到了一个为文艺杂志写文章的机会，也想写出让喜欢“？”的读者能够接受的东西。可话虽如此，我又不想让一直以来支持我的读者对这次的作品感到失望。几经烦恼之后，我写出了表面看起来像“！”，实际内涵则是“？”的作品，那就是本书的同名作《单挑》。在这里提前展示底牌可能不太好，但我要说，那虽然是一篇“可怕的故事”和“悲观的故事”，却被我加工成了“好故事”。另外，我在创作《单挑》时还构思了它的姐妹篇《超人》，后来又为科幻小说集 *NOVA* 创作了时间题材的科幻作品《密使》，全部结合在一起，就成了一个与众不同的故事，也就是这本书。与我的其他作

“这部小说看不懂，看不懂就对了。”其后，我又为文艺杂志《新潮》写了《像个人样》和《二月下旬到三月上旬》，本来打算写成“！”，结果读者的反应却是“？”，我顿时想：“嗯？”可见这是个不断试错的过程。啊，《二月下旬到三月上旬》收录在了二〇一五年七月发行的第一本原创文库《一个人办不到》里面。

品相比，很多人对这本书的评价是“好难”“看不懂”，毕竟我的原意就是创作一部兼具“！”和“？”的作品，这或许是不可避免的结果。只不过，我自己说出这句话可能有点自命不凡的嫌疑：这是只有我能写出来的小说，除此之外恐怕找不到别的相似之物。

《另一则后记》《IN POCKET》二〇一四年十一月号

2014年

我的“杀手锏”

《这部推理了不起！》上市的时候,《霹雳队长》应该已经发售了。这部作品是我与阿部和重先生的合作产物，说到“合作”，可能很多人会理解为特别策划，但这部作品是我们两人各自创作，像藤子不二雄[1]那样完成的，对我们来说是真真正正拼劲了全力的成果。可以说，这是独自一人绝对完成不了的娱乐小说。另外，这几年来一直在预告的《不然你搬去火星啊》也已经完成，预计将在二〇一五年年初由光文社出版。

我预感今年应该会出很多文库本①，与此同时也在努力创作新作品。我准备写一些类似前作续篇的作品②，但总感觉这会让人怀疑“是不是缺乏灵感了”，其实不是的，因为我老早以前就一直缺乏灵感。

---

① 这里是指包含本书在内的新潮文库“出道十五周年纪念，连续发行三个月”活动（笑）。老实说，一下子出这么多文库本，读者也会受不了的，到末了谁也得不到好处。只不过怎么说呢，这个世界并不只是靠“损益”来运作的（笑）。

② 这里是指《阳光劫匪》的续篇。

《这部推理了不起！》二〇一五年版

1. 藤子不二雄：日本的漫画家组合，是藤子·F. 不二雄和藤子不二雄 A 两位漫画家联合创作时所使用的笔名。

2015年

以咩还咩①

负责这篇随笔的记者打电话来对我说："恭喜您。"我一时反应不过来，又听到他说，"我第一次拜托您写'干支随笔'是在猴年，而今年是羊年，也就是说，这是最后一篇了。"

"原来如此，我马上要写完一轮啦。""干支随笔"终于完结，我不禁感慨至深，"只是，我实在想不到跟羊有关的话题，因为想不到，晚上都睡不着觉。为了睡觉而数羊，一数就想起了'干支随笔'，陷入恶性循环，就更加睡不着了。"

"伊坂先生，请您放心，反正您每年都找不到话题嘛，而且您每年写的东西都差不多，全是针对社会的隐隐不安。"

被他这么一说，我感觉好像的确如此。我时刻都在担心世事，这是从小就形成的性格，所以我也没办法。上小学时，我每天的生活都

---

①"干支随笔"总算到最后一年了。十二年，真的好漫长啊。我特别感慨。这么多年来一直向我约稿的中日新闻社，还有负责这个随笔的记者 M，请接受我由衷的谢意。如果有"写完这些'干支随笔'的人了不起"这个排行榜，我有自信能挤到靠前的位置。

挺平静，而且当时的日本经济也在一路上行。眼前出现的光景无比灿烂，同时又有人不断在谈论美苏“冷战”时期大战一触即发的紧张感，及足以毁灭世界几十次的核武器数量，所以当时尚年幼的我便认为：无论是多么平静的状态，都难以让人完全放心。我时刻都在提心吊胆，不知大人们何时会暴露出狞恶的本性，引发一场大战。

“这可以被形容为‘披着羊皮的狼’呢。”我说，“现在的小孩子都不这么想吗？”

现在也随处可见可怕的案件和信息。多亏了网络，数量众多的这类信息能够轻而易举地传播开来。另外，日本经济也处在无法称之为优良的状态下，我认为这才是表面和内里都不能放松警惕的。所谓“披着羊皮的狼”的情况，生活在这种时代的孩子们可能早已超越了担心，变得比我豁达（且不论好坏）了。

“伊坂先生，我听您说话时想到，其实不论是过去还是现在，社会的本质都是狼啊。它既不像羊那样温驯老实，也一点都不可爱，而且难以控制。一旦轻信了它，可能会被反咬一口。”

“那就是披着羊皮的狼少年呢。”

说到这里，我想起了“读书亡羊”这个成语。羊倌过于沉迷读书，等到回过神来，羊已经走丢了，从中得到的教训是，“如果因为别的事情分散了注意力，就有可能在重要的工作中出错”。不过这个故事整体散发着让人会心一笑的悠闲气息，所以我很喜欢这个词。只不过，要是换个角度来想，其实也有点可怕。“大家沉浸在每天的娱乐中，如读书或现在大家都喜欢的玩手机，某个时候突然抬起头来，发现和平的羊群已经——”

“消失了？”

“被狼吃了之类的。相比我开始写‘干支随笔’的猴年，你不觉得现在的社会气氛更紧绷吗？甚至还有点睚眦必报、以牙还牙的感觉，让人仿佛身处暗夜。如果是这样，那我更喜欢以礼相待、‘以咩还咩’的世界。”②

我觉得自己算是想到了很不错的结尾，然而那位记者一句话都不

---

② 上一年我为马年写了“马马虎虎”的冷笑话，今年又干了同样的事（笑）。反正我就只有这一个套路（笑）。待到圆满结束了，我还真有点寂寞。不过，要是生肖能轮换也就算了，要用同样的动物再写一轮随笔，无论怎么想都很困难（笑）。所以我认为，到这里就该结束了。将来可能会有突然的回归，但今年我是一点儿都没去想明年的生肖是什么（笑）。

说就挂了电话。我本以为他是个好人，原来也是匹披着羊皮的狼啊。

总之，希望各位读者新年顺遂。

《中日新闻》（晚刊）二〇一五年一月十三日

五十八位人气作家大调查！

二〇一四年印象最深刻的书：

《图灵的谵妄》[①]（埃德蒙多·帕斯·索尔丹）。这个作者可以说是巴尔加斯·略萨之子那一代的作家。我远在日本却倍感亲近，希望能多读到这位作家的作品。如果他的其他作品也能得到翻译和引进就好了。

二〇一四年印象最深刻的事：

必须是四年前就开始与阿部和重先生合作的《霹雳队长》终于完成并出版了。为此，我感到特别高兴。

二〇一五年的计划：

二月，预计由光文社出版单行本《不然你搬去火星啊》。这次我

① 这是我在书店的巴尔加斯·略萨专柜附近发现的间谍类娱乐小说，特别有意思。

写成了一个让人忍不住想“竟然还存在这种结构的、如此奇怪的小说”的长篇。除此之外，我还完全没有能发表的书稿。我会加油。

Katsukura 二〇一五年冬季刊

直 尺①

我房间里有一把直尺，就插在写稿子的书桌上那个小酒桶形状的笔筒里。直尺长三十厘米，塑料材质，销售商是一家名字分不清是昆虫名还是公司名的厂商。老实说，我从小学就开始用这把直尺了，因为实在没必要换新。

其他文具，如橡皮擦，每用一次就会变少一些。若是圆珠笔，墨水会越写越少。可是直尺并不存在这些问题，它既不会老化，也不会磨损。

我从笔筒里拿出直尺，仔细打量。此时，我心中浮现出疑问：

生产直尺的公司究竟何以为生？

直尺到底要在什么情况下换新？

我用力摇摇头。现在不是该为直尺而担心的时候。眼前就是计划

---

①《家鸭与野鸭的投币式寄物柜》出版时，我接受了签名本的网上预约，由于签名本要在发售日之后才能签名，寄出时间自然会比较迟。我觉得这样使得特意预约签名本的人无法在发售日那天取到书，实在是不好意思，便提出建议："不如附送一点赠品吧。"便请出版社制作了印着这个短篇的小册子。

在十一月发售的新书的样书，我正在深刻反省，明明这本书跟“家鸭”和“野鸭”都没有关系，把它们放在标题里真的好吗？

为了转换心情，我起身离开书桌，膝盖碰到了桌脚。

啊。

震动使得放在书桌一角的直尺滑落下来，落到了书桌背面。就这样，直尺悄无声息地消失了。

我马上凑上前去查看书桌和墙壁之间的缝隙，却什么都看不到。我本以为书桌紧贴着墙壁，根本不知道那里还有条缝。虽然只是一条很小的缝，可缝就是缝。

我突然想知道那条缝有几毫米宽，可是测量宽度需要用到直尺，而直尺刚才落进了缝里，于是无法测量。

我咂了一下嘴，突然想到：“说不定就是因为直尺会这样丢失，新的直尺才能卖出去。”但我马上打消了那个想法，因为这应该不算是丢失，捡回来的办法实在太多了。

在众多办法中，我选择了把它“钓上来”。

首先，我找到一捆棉线，剪出大约与桌子高度一样的长度。随后，我把剪成小块的胶带圈起来做成双面胶，粘在棉线一头。接着，我像钓鱼一样把棉线垂进书桌与墙壁之间的缝隙，企图粘住直尺把它拽出来。

我伸长脖子，眯着一只眼，把眼睛凑近缝隙。里面好黑。我目测不出桌面到地板的距离，只能闻到一股灰尘味。

不管怎么说，我先尝试把粘着胶带的那头放了下去。

一开始没什么感觉。不过就在我准备把棉线收回来时，突然有了手感。

我感觉到有什么东西扯住了棉线。虽然阻力不大，但明显是有什么。我有点期待，是不是胶带粘住了直尺？但好像不是。

阻力变大了。

我又一次凑近缝隙，还是什么都看不见。眼前是狭小而漆黑的空间。可是，我能听见缝隙深处传来窸窸窣窣的声音。

于是，我提心吊胆地连忙把耳朵凑过去，心里猛地一惊。

因为我听到了类似什么东西从无底深井向上爬，或是从千寻深谷喷涌而出的声音。

我把耳朵贴上去，那声音十分微弱，就像风的流动，听起来却像人声。喃喃的声音。我感到背后一凉。

是线。

那个声音清楚地传入了我耳中。那个声音的异样远比听见声音这个事实更让我毛骨悚然。微小的声音里混合着兴奋、激昂和急切的心情，释放出难以名状的压力。

我手上的线微微一沉，诡异的震动顺着它传到了我的右手。

虫子？难道是虫子沿着线爬上来了？可是，我又听到了声音。

是线。

没错，那个声音就是这样说的。虽然像是微弱的呢喃，但只是音量较小，若要划分种类，那个声音更接近于吼叫。

此时，更深处又传来了分不清是喊声还是嗥叫的极其诡异的叫声。

接着，耳边又传来了呻吟。

那个声音就像赛马场第四弯道那些紧握马票的男人齐声发出的、震耳欲聋的、充满了欲望的声音。

上去，上去，上去。

耳边清楚传来了齐声应和。那虽然是虫儿振翅一般的微弱的声音，但的确是齐声应和。那些声音就像滚滚袭来，意图把我掩埋其中的雪崩。

棉线传来的阻力越来越强，虽不至于拽不住，可我已经吓得发不出声音。

书桌与墙壁之间明显有什么东西在蠢动，在发出吼叫。

是线是线是线快呀快呀快呀好痛别挤啊干啥啊卑鄙鬼竟然从上面踹人你小子别想跑赶紧的快爬快爬别挤啊别挤啊再搞就要变成上次那个键陀多那样了线断了可怎么办啊总之赶紧给我往上爬啊。

我仿佛看见了一群东西，用干枯的手死死抓住棉线，瞪大了眼睛，拼死往上爬。

它们像蚜虫那样大小，如蚜虫那般密集，却远比蚜虫可怕。因为那是一大群疯狂的小人。

在如此确信的瞬间，我感到浑身汗毛直竖，手臂泛起一片鸡皮疙瘩，不知不觉松开了棉线。它无声地滑落了下去。

我屏住呼吸，倒退一步，紧盯着书桌。

心脏在剧烈地跳动，恐惧让我的牙齿直打架。

书桌似乎安然无恙。只见它岿然不动，声音也消失了。然而，我再也不敢把脸凑近书桌的缝隙了。

我叹了口气，拉开抽屉，拿出里面的钱包，穿上袜子，走向门口。

我一边锁门，一边明白过来。原来如此，这就是买新直尺的时机啊。

《家鸭与野鸭的投币式寄物柜》网售签名本特别附录

1.Bonus track：本意为“附赠音轨”，源自唱片公司再版唱片时，会增加此前版本没有收录的音乐，以刺激听众的购买欲。作为附赠音轨收录的乐曲多为较难归类的作品。

灵魂车站[1]

在一个完全没好事，反倒发生了大约三件坏事的日子即将结束时，我乘上了回家的地铁。我抓着吊环，听见旁边一名男性哼起了歌。[2]当然，那让我很不愉快。然而他闭着眼睛，仿佛强忍着疲劳和不安，很显然为日常生活感到疲惫不堪，于是我想：原来如此，他之所以要哼歌，是为了给萎蔫的自己浇点水啊。就在那个瞬间，他哼唱的旋律突然显得格外有魅力，真是不可思议。

他在下一站下车后，我不知不觉也哼起了那个旋律。哼歌就像流感病毒一样残留在车厢内，我也受到了感染。那好像是某个著名的爵士乐的旋律。旁边那位高个子女性讶异地看着我，我顿时感到羞耻，随即噤声了。可是没过一会儿，刚才的旋律再次充满了我的脑海，我忍不住想唱，便唱了几句。我都做好了被人嫌吵的准备，不过其他乘

---

① 与我关系很好的创意总监小西利行先生邀请我参加了东京蓝色笔记本和东京地铁的策划，我就写了这篇文章。那个策划的内容是把各种人的话语张贴在地铁车厢内，所以我也写了一段。

②《灵魂车站》是汉克 · 莫布利的爵士专辑名称。我很喜欢这张专辑，这应该是我大学时代买的第一张爵士乐专辑吧。而策划的主题是“电车”，我觉得标题中带有“车站”（station）

（脚注续下页）

客什么都没说。

在第二天早晨的地铁上，旁边的年轻人也在哼唱。我若无其事地竖起耳朵听了一会儿，发现他哼唱的旋律跟我昨晚哼唱的很像，而且就像传言会越传越歪，那个旋律也被做了加工。我把这归为了好事。

《谈谈音乐吧 /32 for music exhibition/32 个

爱乐之人的话语展览会“音乐列车”》

东京地铁 ×Blue Note Tokyo× 棉花俱乐部 / 二〇〇九年四月

的音乐应该挺合适的。这篇文章在本次收录的作品中，应该属于极为罕见的类型（笑）。

后记（本书完成时）

我不会写随笔。在随笔集里坦白这件事，我自觉非常难堪。（因为这就好像走进一家天妇罗店，老板却告诉你“其实我不会炸天妇罗”。）然而，我的确对写随笔这件事感到力不从心。俗话说：一个萝卜一个坑。写小说的人就应该专心写小说，磨炼这方面的技巧和心思。至于随笔，就应该让在随笔的技术和心思方面花了时间和功夫的人来写。更何况，我只是个极为平凡的人，每天过着极为平凡的日子，除了编故事让他人乐在其中，对别的事情都没有自信，这也是其中一个很大的原因。

如此这般，我就算接到随笔的约稿，也会尽量推掉，可对方若是和我关系好的编辑，我又希望满足他们的意愿。有时，一些随笔的策划意图很合我的心意，我也想主动试试。当然，基本上都是由于我无法拒绝编辑的约稿，便断断续续地写了一些。正因为如此，我从未产生过做随笔集的想法。

几年前的一天，自从我出道后一直负责我稿件的新潮社编辑新井先生向我提议："等出道满十周年了，就把随笔集结成书吧？"当时我（悲观地）觉得，"这份工作可能坚持不到十周年那天"，便随口答应了下来。当然我心里也存有侥幸，希望哪怕真的坚持到了十周年，届时已经没人记得这件事了。然而大约一年前，新井先生突然宣称："关于随笔集的发售日期，既然时机如此难得，不如定在出道作发售的那个日期吧。"

此时我才意识到，哦，原来真的要出随笔集啊。与此同时，我又觉得有了"难得的十周年"这个名义，把我不怎么擅长的随笔集结成书倒也不错。应该说，要是没有十周年这个时机（借口），我可能一点儿都不想出随笔集。

如此这般，就有了这本书。

把这次汇集起来的随笔重读一遍，我深刻意识到自己过着多么平凡（毫不刺激）的日子。此外，我不禁感叹，自己每次（虽然理所当然）都在说大同小异的事情。不过，每份稿子都融入了一些回忆和想法，如果有机会把它们集结起来，我觉得也很不错。

我出道后，《公募指南》发来了第一篇随笔约稿。我现在还记得自己当时提心吊胆地打电话去问“上版稿是什么”，以及听到“收到约稿啦”的喜悦。如今过去了十年，我感觉自己走了很远，又好像一直在原地踏步，心情十分复杂。

最后，我一直觉得，在这类文章里提起出版社人员的姓名，会显得“小圈子感”太强烈，因此个人来说会尽量规避。不过我想，这本被定位为“十周年随笔集”的书应该很适合那种感觉，便决定写上几笔。

一直坚持要出随笔集的编辑新井先生今年调动了工作，是与他交接的大庭先生把这本书做了出来。因为要在第十年出版，所以是365天 ×10年，再加上中间有两个闰年，一共就是3652天。出于这个原因，便有了本书的标题。[1]

本书封面由三谷龙二先生创作。[2]装帧室的大泷先生一直负责（新潮社出版的）我作品的封面设计，每次都完美地满足了我“使用三谷作品，但要和小说封面的风格略有区别”这个任性要求，这次也不例外。

各位，非常感谢。

另外，还要对阅读这本书和此前我写的所有作品的各位读者表示衷心的感谢。谢谢你们。

1. 本书日文版书名为《3652》。
2. 指本书日文文库版。

文库版后记

我在出道十周年时，发行了这本随笔集的单行本，然后过了五年，这回要做成文库版了。在这次出版的文库本中，还增录了这五年间我陆续写的一些随笔和解说。

最重要的是，这次总算能把每年一月在《中日新闻》上刊登的“干支随笔”（单行本只有猴年到虎年的）全部收录了进来，我个人得到了很大的成就感。

读自己过去写的东西难免会害羞，对于许多地方也会想“现在我肯定不会这样写”。但与此同时，我也感觉自己这么多年来总在写同样的东西。

我花在这本书上的能量与用来写小说的能量虽有不同，但还是希望读者能够乐在其中。

关于单行本收录的《在莪莪温泉遇到温泉仙人》一文，因为收录在了与这本文库本同一时期发行的《仙台生活》（集英社文库）中，这里将其删去。

文治
© wénzhì books

更好的阅读

责任编辑 李 伟
特约监制 潘 良 于 北
产品经理 单元浩
特约编辑 商思悦
版权支持 冷 婷 郎彤童
外封插画 瓜田李下Design
封面设计 少少

关注我们

官方微博：@文治图书
官方豆瓣：文治图书
联系我们：wenzhibooks@xiron.net.cn